Sonya
ソーニャ文庫

寡黙な庭師の一途な眼差し

水月青

JN131179

イースト・プレス

contents

一章

「レーア様！　火事です！」

ノックもなしに勢いよくドアが開かれる音とともに、切羽詰まった声が聞こえてきた。

緊急事態だということは分かったが、レーアには一瞬、言葉の意味が理解できなかった。

明日こそは、生まれて初めて自分で育てたスズランを母に見せるのだ。そんな思いを胸に、ぐっすりと眠っていたところだった。

「早くお逃げください！」

言いながら駆け込んできたのは、レーアの世話をしてくれている使用人のイエンナだ。

いつも笑顔を絶やさない彼女が、見たことがないほど険《けわ》しい表情をしている。それだけでも、緊迫した状態であることが窺えた。

レーアはベッドから飛び起き、こちらに駆け寄ってきたイエンナの腕を両手で摑んだ。

「お母さまは？」

真っ先に口から出たのは母のことだった。

母は生まれつき足が悪い。ゆっくりと歩くことはできるが走ることはできず、誰かの助けがないと逃げられないのだ。

「すみません……分かりません」

イエンナは申し訳なさそうに首を横に振った。誰よりも先にレーアに危険を知らせに来てくれたのだろう。

途端に不安そうな顔になるイエンナの手を引いて、レーアは部屋を出た。

廊下に出ると、数人の使用人が右往左往しているのが見えた。屋敷の両端にある階段のどちらからも煙が這《は》い上がってきている。

階下から叫び声も聞こえてくる。一階はもう煙が充満しているに違いない。

母の部屋は一階にあるが、自力で足を高く上げられないので窓を越えて逃げることはできないだろう。

ちらりと窓の外を窺うと、消火活動をしている者たちの中に父の姿を見つけた。少し離れたところには抱き合って座り込んでいる者たちや、こちらに向かって逃げろと叫んでいる者たちがいる。その中に母の姿は確認できなかった。

「イエンナは逃げ遅れている人たちと一緒に、あっち側の煙の少ない階段から下りて窓から外に出てください」

早口で言って、レーアは近くにあった花瓶《かびん》を頭上に持ち上げて逆さにし、頭から花ごと水を被った。

「レーア様!?」

イエンナの驚きの声を背に、勢いよく駆け出す。

もくもくと煙の上がる階段まで来ると、火が見えないことを確認してから、口元を袖で覆って姿勢を低くし、這うようにして階下へ向かった。

視界が悪く、思った以上に煙が目に染みて痛い。

熱いし怖いけれど、母を放ってはおけなかった。

もしかしたらすでに助け出されているかもしれない。そう思いたいけれど、取り残されている可能性もあるのだ。

母が部屋にいないことを確認したら、レーアも窓を割って一目散に逃げよう。

煙が充満《じゅうまん》し、火も迫ってきているのを感じながら、階段を下りてすぐの場所にある母の部屋のドアを手探りで探した。

母がここに嫁いでくる時、花が好きな母のために、父が花の彫刻が施《ほどこ》されたドアに取り換えたのだ。だから、手の感触だけで母の部屋は分かるはずだった。

熱のためか肌に痛みを感じるが、歯を食いしばり、前へ前へと這っていく。

そろそろ母の部屋のはず……と思った時、指先に細かな凹凸《おうとつ》を感じ、レーアはすかさず体当たりするようにしてドアを押し開けた。

「お母さまっ……!!」

勢い込んで部屋に駆け入ると、窓が開いていて、そこから煙が外に吐き出されていた。母が外に逃げようとして開けたのだろうか。

誰かが手助けして逃がしてくれたのかもしれないと思った次の瞬間、窓の近くで、うつ伏せに倒れている母の姿が目に入った。

「お母さま、大丈夫ですか……!?」

慌てて駆け寄り、肩を揺さぶってみるが返事はない。

焦《あせ》って顔を覗《のぞ》き込んだところで、母が何かを守るように抱えているのに気づく。

白い布のようなものだ。レーアは、それが何であるかすぐに思い当たった。

父から母への初めての贈り物だ。裾にスズランの刺繍《ししゅう》が施されたそれは、前面は女性の肩に届くくらい、そして背面は腰に届くくらいの長さがある花嫁のヴェールだ。

母はこのヴェールを大切にしていて、いつも目につく場所に飾っていた。だからこんな時でも真っ先に守ろうとしたのではないだろうか。

それを抱えたまま、母はぐったりとしていた。

どうして誰も助けに来てくれなかったのだろう。母の部屋は屋敷の奥にあって普段はあまり人が近づかないが、父も、使用人たちも、母の足が悪いことは知っているのに。窓も開いているのだから、外からでもすぐに助けられたはずだ。

母の部屋の窓側は、防犯のために容易には入り込めないように植木が入り組んでいるが、それでも人が入れないわけではない。手入れをしている庭師や勤続年数が長い使用人なら、うまく入って来られるはずだ。

「お母さま！　目を開けてください！　早く逃げましょう！」

いくら声をかけて揺さぶっても、母は反応してくれなかった。嫌な予感を無理やり振り払い、レーアは顔を上げて窓を見る。

レーア一人の力では母を抱えて窓から逃げ出すことはできない。だから、外にいる人たちにすぐに知らせようと大声を出そうとした。

だが次の瞬間、すぐ近くにあった棚がぐらりと傾いた。母が趣味で集めていた花柄の花瓶や香炉《こうろ》などが今にも滑《すべ》り落ちそうになっている。

「えっ……!?」

この部屋にはまだかろうじて火の手が迫っていないのになぜ棚が倒れるのか、という疑問が一瞬だけ頭を過ったが、それどころではなかった。レーアは咄嗟《とっさ》に母に覆いかぶさる。

直後、ガシャーンッと床に落ちた花瓶が割れる音がして、背中にドンッという強い衝撃を感じた。

「……っ……!!」

一瞬呼吸が止まり、次に激痛が襲ってくる。

滑り落ちて割れた花瓶が床だけでなくレーアの背中にも降り注ぎ、しかもその上に棚が倒れてきたため、花瓶の破片が棚の重みで背中に突き刺さったのだろう。

痛みと重さで身動きが取れない。これでは、レーアの下にいる母も苦しいに違いない。

今すぐどかなくてはいけないと思うのに、嫌なことに気づいてしまう。こんなに密着しているのに、母の胸が上下しているのを感じないのだ。レーアは恐る恐る母の顔に手を伸ばした。

「おか……さ……ま……?」

こちら側からは母の顔が見えない。綺麗に結い上げられた髪の毛を辿り、口元付近で手を止める。呼吸は感じられないのに、指の端に触れたヴェールは揺れていた。レーアの手が震えているのだ。

そんな、そんな……と心の中で同じ言葉を何度も繰り返す。

来るのが遅かったのだ。もっと早く来ていれば、もっと早く火事に気づいていれば。

背中の痛みは増し、母が死んでいるかもしれないという事実に打ちのめされて、ただぜえぜえと荒い息を吐き出すことしかできなかった。

いや、とレーアは思い直す。

もしかしたら、呼吸が弱過ぎて手では感じられないだけで、まだ生きている可能性はある。

僅《わず》かな期待を込めて、レーアは母の身体に自分の耳を押し当ててみた。本当は母の胸から直接心音を確認したいが身動きが取れない。

お願い、お願い……。

そんな言葉しか出てこなかった。ほんの少しでもいい。母が生きているという反応が欲しい。

「誰かいるかっ⁉」

ふいに、鋭い声が聞こえた。

そしてすぐに、廊下から足音が聞こえてくる。

花瓶が割れる音で気づいてくれたのだろうか。それとも、母がいないのに気がついて助けに来てくれたのだろうか。

やっと人が来てくれた。そのことがすごく嬉しかった。

レーアはこの場所を知らせるために何かしなければと思った。近くにあった花瓶の破片を掴み、手が切れるのもお構いなしにそれを床にコンコンと打ちつける。

その音に気づいてくれたのか、足音は部屋の前までやって来た。

「いた……！」

ほっとしたような声が聞こえた。その直後、背中に感じていた重みが消え、息苦しさもなくなった。

棚をどかしてくれたことで呼吸がしやすくなったが、大きく息を吸い込んで煙にむせてしまう。しかも重みがなくなった分、背中の痛みがさらに強くなった。

「大丈夫か？」

声の主が傍らに座り込んだのが気配で分かった。レーアはいつの間にか閉じていた目を薄く開ける。視界に入ってきたのは、指の長いとても綺麗な手だった。大きくて筋張っていることから、男性の手だと分かる。

聞いたことのない低くて穏やかな声に、見たことのない綺麗な手。

その手がレーアの頬《ほほ》にそっと触れてきた。と思ったら、するりと首筋に移動し、ぐっと指を押しつけられた。最初は何をしているのか分からなかったが、レーアが母の心音を聞こうとしたのと同じことをしているのだとすぐに理解する。

温かな手に触れられて、こんな状況なのにひどく安心した。母と二人きりで身動きが取れないという状況が怖かったのだ。

首筋から離れた手が、今度はレーアの額をそっと撫《な》でた。ぴりっとした痛みを感じ、顔にも切り傷があるのだと分かる。きっとあちこち切れているのだろう。

労わるように触れてくるその手は、レーアの顔を覆ってしまいそうなくらいに大きかった。包み込むような優しい手に、レーアは無意識に頬をすりよせる。

そしてふと、その手のひらの小指の付け根に傷があるのに気がつき、この人も怪我をしたのかと心苦しくなった。けれどよく見るとそれは古い傷痕だと分かってほっとする。

レーアが息を吐くと、手はそっと離れていった。途端に不安な気持ちがぶり返し、慌ててその手に縋《すが》りつく。

「……お願……い、おかあさまを……助け……」

絞り出すようにして言えたのはそこまでだった。

自分で母の無事を確認したいのに、視界が歪《ゆが》み、頭がぼんやりとしていた。だからこの人に託すしかないと必死だった。

「分かった」

包み込むように優しく、力強い声で言ってくれたその人を見上げようと首を動かすが、力が入らず肩口までしか見ることができなかった。

そして気づく。

その人は白いシャツの腕の部分が焦げ、皮膚が焼けてしまっていた。

無茶をして助けに来てくれたことが分かり、レーアの瞳から涙が溢れ出る。

この人は、こんなにひどい火傷を負ってまでここに駆けつけてくれたのだ。

「……ごめ……な……さ……」

謝罪と、きちんとお礼が言いたいのにそれ以上声が出ない。視界は霞《かす》み、手から力が抜けていく。

「レーア様……!!」

窓のほうからイエンナの声が聞こえた気がした。

屋敷から無事逃げ出せたイエンナが、植木を分け入って助けに来てくれたのだろうか。

良かった。イエンナが無事で本当に良かった。

ほっと息を吐いて、レーアはふっと意識を手放した。

二章

　レーア・ニーグレーンは広い庭の一角に座り込み、風に揺られる小さな白い花を見つめていた。

　釣鐘《つりがね》状の小ぶりな花をいくつも咲かせたスズランだ。その姿はとても可憐で可愛いのに、目にするだけで胸が締めつけられる。

　母はスズランが好きだった。

　だから数年前、庭師に株分けしてもらい、レーア自ら鉢《はち》に植え替えた。毒があるから気をつけるように言われ、ビクビクしながら手袋越しに花芽を手にしたその瞬間のことを思い出すと、なんだか懐かしい気持ちにもなる。

　乾燥《かんそう》しないように土を湿《しめ》らす程度に水をやって大切に世話をしてきたそれが芽を出し、すくすくと育っていくのがとても楽しくて、小粒だった花が鈴のように丸く膨《ふく》らんでいく様子を毎日のように飽きずに観察した。そしてやっと見頃になったところだったのだ。

早く母に見せたいと思ったが、残念ながらその日は来客があり、鉢を持っていくことができなかった。

伯爵家の令嬢が土いじりをするのははしたないことらしく、客人と鉢合わせすると家の恥になるからだ。普通なら、すべて使用人にやらせるのだと父に言われた。そんな事情があり、その日は母にお披露目《ひろめ》できなかった。

それでもレーアは、初めて自分の手で花を咲かせられたことを母に報告したかった。けれど、明日こそ絶対に見てもらうのだと思っていたその日に、母は亡くなってしまった。

まだ十五歳だったあの時のレーアは、無謀《むぼう》にも一人でどうにかしようとしていた。火事の時は熱風に気をつけて、なるべく煙を吸わないように、という浅い知識だけで行動してしまった。火の怖さを知らなかったのだ。

もしもあの時、外にいる大人たちにすぐに助けを求めていれば、もっと早く母を助けられたかもしれない。

そんな〝もしも〟に囚われ、いまだにあの日のことを思い出して涙する日々が続いている。あれから二年も経つのに後悔は尽きない。

母が抱えていたあのヴェールは、助け出された時には、なぜかレーアが握っていたとイエンナが教えてくれた。

それを聞いて、母の宝物を奪ってしまったようで申し訳なく思ったけれど、レーアは背中の傷がひどく、煙も吸っていたため、意識が戻ったのは母の葬儀が済んでからだった。だから母を見送ることも、ヴェールを一緒に埋葬することもできなかったのだ。そのことがとても悲しく、心残りでもあった。

そしてもう一つの心残りは、あの時助けに来てくれた人にお礼を言えていないことだ。あの時の男の人はいったい誰だったのだろうか。覚えているのは、少し低めの優しい声と印象的な長く綺麗な指を持つ大きな手だけだ。

イエンナが言うには、火事に気づいた外部の人たちが消火のために駆けつけてくれて、その中の一人がレーアと母を屋敷から出してくれたのだそうだ。

一階の廊下の窓から脱出したイエンナが、人を集めて母の部屋の窓を目指そうとしている時に、その青年も一緒に行くと言ってくれたらしい。けれど、母の部屋の前の入り組んだ植え込みに手こずってしまい、思った以上に時間がかかった。

これでは間に合わないと判断した青年は、母の部屋の位置をイエンナに訊いてから、すでに火が回り始めている別の部屋の窓を割って屋敷内に入ったのだという。

そんな危険な状況の中でレーアたちを助けてくれた恩人。彼のことを使用人たちに訊いても、みんな『火事に動揺してよく覚えていないが、見たことのない青年だった』と言うばかりで、どこの誰かいまだに分かっていない。

その青年は、レーアと母を救出した後、名乗ることもなくすぐに立ち去ってしまったらしい。腕に火傷を負っていたのに、手当てすら受けなかったとも聞いている。

きっと火傷の痕が残ってしまっているだろう。それが気がかりだった。

物思いに耽《ふけ》っていたレーアは、ふいに人の気配を感じて顔を上げた。

低い植木の向こうに、庭師のラッシとその弟子シーグの姿が見えた。

レーアに気づいた二人は、口を揃えて朝の挨拶《あいさつ》をする。

息の合った師弟に、レーアは笑顔で挨拶を返した。

「おはようございます。今日も良い天気ですね」

それに対し、二人は小さく頷いた。

庭師のラッシは、祖父の代からここで働いているそうだ。

余計なことは一切喋《しゃべ》らず、黙々と作業をする職人気質である。だからといって気難しいわけではなく、レーアに庭仕事のことを丁寧に教えてくれる優しいおじいさんだ。

レーアの祖父母はレーアが生まれる前に亡くなってしまったので、祖父がいたらこんな感じなのかもしれないと、彼との関係性を嬉しく思っていたりする。

ラッシの家は山のほうにあり、ここには通いで来ているため、あの火事の日はすでに帰宅していたらしい。彼は、「自分がいれば複雑な植え込みも難なく抜けて奥様を助けられただろうに」と悔やんでいたという。

レーアが目覚めた後、そのことを謝罪されたが、もちろん彼が悪いわけではない。むしろ、ラッシに怪我がなくて良かったと思う。

火事の約半年後に庭師見習いになったシーグは、ラッシと同じくらい無口で表情もほとんど変わらない。確か二十三歳だと聞いたが、落ち着いた印象があるためかもっと年上にも見える。顔立ちは整っているのに常に無表情なので、イエンナなどは彫像が歩いているようだと言っていた。

シーグは常に同じような長袖のシャツと手袋姿だ。露出が少ないのは庭仕事をする者として普通のことなのかもしれないが、手袋をせず腕まくりをしているラッシと比べると重装備のような気もする。

この師弟は、「技術は見て学ぶ」ということになっているようで、ほとんど言葉を発することなく二人で黙々と作業をしていた。

休憩中も並んでサンドイッチを食べ、ただ黙って小刀で何かをちまちまと作り、お互いに交換して満足そうに頷いているところを見かけたことがある。似た者同士の祖父と孫のようで、見ているととても微笑ましい。

二人は今日も黙々と作業を始めた。彼らの邪魔にならないように、レーアは庭の端にある小さな花壇に移動する。

火事の後、ラッシがレーアのために作ってくれた花壇だ。そこに季節の花々を咲かせるのが、今のレーアの楽しみになっている。

花壇造りの師匠であるラッシの教え通りに、植え替えの手間がかからない宿根草《しゅっこんそう》を多めにしているので大変な作業はあまりないけれど、メリハリをつけるために一部分に季節の花を植えているのだ。そこをどうするか考えるのが面白い。

ラッシに株分けしてもらった花が数種類あるので、まずはそれを温室から取ってきて配置を決めなくてはいけない。

温室には、これから庭に植え付けをする植物の他に、他国から持ち込まれた貴重な花や植物もある。

母は、花が咲く植物が特に好きで、綺麗だという噂を聞きつけると、商人に頼んでわざわざ他国から取り寄せてもらっていた。そうしてできたのがこの温室だ。

他国は気候が違うこともあるので、温度管理がしやすいようにと父が大きな温室を作ってくれたのだ。

足が悪くてあちこちを見て回ることができなかった母の楽しみは、温室で様々な国の植物を観察することだった。

火事になった屋敷はほとんど焼けてしまったので建て直されたが、幸い、今レーアが住んでいる離れの建物と温室は災禍から逃れることができた。風がなかったため延焼《えんしょう》を免《まぬが》れたのだ。

　その奇跡的な幸運に感謝し、レーアは母の好きだった植物の世話に一層力を入れるようになっていた。

　花の配置を考えながら温室に向かっていると、どこからかボソボソと人の声が聞こえてきて、レーアは足を止める。

「……シーグが…………だから……」

　シーグの名前が出たような気がして、つい声が聞こえるほうに忍び足で向かい、聞き耳を立ててしまう。

「いつも朝早くから出勤しているみたいで、さっきも少し立ち話をしたんだけど……」

「あの人いつも無表情で怖くない？　よく話せるわね」

「まあね。でも結構前のことなんだけど、両手に荷物を持っていてドアを開けられなくて困っていた時、シーグが助けてくれたの。それから顔を合わせる度に少しずつ話すようになったのよ」

　若い女性の使用人が二人で話しているようだ。箒《ほうき》で掃《は》く音がするので、掃除をしながら世間話に花を咲かせているようである。

　レーアは木の陰からちらりと二人を覗く。シーグに助けてもらったという少女の横顔が見えたが、もう一人の少女は建物の陰になっていて姿は見えなかった。

「シーグって挨拶以外で喋るところ、見たことがないんだけど」

「そうね。でも離れの人たちとは会話をしているみたいよ。この間、レーア様と何か話しているのを見かけたわ」

自分の名前が出てきて、レーアは慌てて身を隠す。聞き耳を立てていることへの罪悪感が湧いてきて鼓動が速くなった。

「ああ……離れのほうね。私はあまり知らないんだけど、レーア様って奥様たちのせいで人間不信になって、植物しか相手にしないって聞いたわ」

「ええ。伯爵令嬢なのに土いじりばかりしているなんて、変わった方よね」

「そういう方なら、シーグとは植物のことを話しているんじゃないかしら。彼、見習いとはいえ庭師だから」

「きっとそうだわ。私とは、旦那様や奥様の話をするの。彼、貴族の暮らしに興味があるみたい。まあ使用人だから主人のことはできるだけ知っておきたいわよね。たまに質問されて長話になったりするわ」

「それって、カイヤがシーグと話したくてわざとそういう話題を出しているんじゃないの～？」

「そんなんじゃないわよ。顔は好みだけど……」

カイヤと呼ばれた少女の声が、次第に遠ざかっていく。屋敷の裏口へ向かっているのだろう。

「カイヤとシーグ、お似合いだと思うけどな～」

もう一人の少女も、そう言いながらカイヤの後を追ったようである。二人のキャッキャッと弾むような笑い声が小さくなっていく。

母屋で働く使用人たちが、周りに誰もいないと思って、通路の掃除をしながら雑談していたようだ。

盗み聞きをしてしまったことを恥じながら、レーアは改めて温室へと向かう。

自分が『変わった令嬢』だと思われているのは知っていたが、人間不信で植物しか相手にしないと思われていたのには驚いた。母屋の使用人たちから、しばしば憐《あわ》れみの目で見られるのは、そういう理由があったからか。

人間不信になっているわけではないのだが、自分から『違う』と言って回るのも何か違う気がする。

ただ植物が好きなだけなのに……。

人に誤解されるのは寂《さび》しい。けれど、イエンナたちが分かってくれているので、そんなに落ち込んでもいなかった。

レーアは彼女たちの会話の内容を反芻《はんすう》し、自分のことよりもシーグのことが気になった。

カイヤと呼ばれた少女は、小柄で可愛らしい顔立ちをしていた。確かに、シーグと並んだ姿はお似合いかもしれないと思う。

もしシーグが結婚したら……と想像してみる。

すると、どうしてか寂しい気持ちになってしまった。

それがなぜなのか分からないまま、ぼんやりと温室に足を踏み入れる。

「あら……？」

入ってすぐ、入り口付近に置いていた鉢がいくつか横になっているのに気がついた。

誰かが足を引っかけてしまったのだろうか。

植えてあった花は無事のようなので、外に飛び出してしまった土を戻して整え、また倒れてしまわないように少し奥のほうに並べて置くことにする。

ついでに手前にあった他の植物も移動させておこうと、大きめの鉢を持ち上げるために少し腰を折る。すると、横からさっと手が伸びてきた。

そのまま重い鉢をひょいっと持ち上げたのは、先ほどまで庭で作業をしていたシーグだ。

「あっ……ありがとうございます」

ついさっきまで彼のことを考えていたので、心臓がドキリと鳴った。彼は『これをどこに？』と目で問いかけてくる。

「あそこに置いてください」

邪魔にならない場所を手で示すと、シーグは小さく頷き、鉢を目的の場所に置いた。他

の植物の陰にならないように調節までしてくれる。

彼の繊細なその手つきからは、ラッシと同じくらい植物への愛情が感じられてとても好ましい。

シーグはこれまでも、手の空いている時はいつもこうしてさりげなく手伝ってくれた。重いものを運ぼうとした時、土を深く掘る時、棘《とげ》のある花を触ろうとした時など、レーアが大変だと思う時にいつも不思議と現れて助けてくれる。

どうしてそんなにいつも助けてくれるのかと訊いたことがあるが、本人はきょとんとした顔で首を傾げ、『当然のことです』と言った。どうやら、無自覚で他人に親切にできる人であるらしい。

先ほども使用人の女性を助けたという話を聞いたし、シーグは困っている人がいれば、身分など関係なく誰にでも手を差し伸べているのだろう。

「助かりました。そこに並べていた小さな鉢が倒れていたので、邪魔にならないところに置いたほうがいいと思ったんです」

レーアの言葉に、シーグは僅かに目を細めてから『そうですか』とでも言うように頷いた。

必要最低限のことしか話さないところが本当にラッシとそっくりだ。レーアは言葉数の少ない彼らに慣れているし、レーアも社交的な性質《たち》ではないので、頷いてくれるだけで十分だった。

「もしかしたら他にも倒れてしまったものがあるかもしれないので、私、温室の中を見て回ってみますね」

そう微笑みかけて奥へ歩みを進めると、後ろからシーグもついてきた。一緒に確認してくれるらしい。

奥に行けば行くほどめずらしい植物があるので、異変はないか、生育は順調か、注意深く見て回る。

「あら？　あそこに大きな白い花を咲かせる鉢がありましたよね？」

その鉢があったところには、今はなぜか多肉植物が置かれていた。

「誰かが移動したのでしょうか……」

きょろきょろと周囲を探してみても、白い花を咲かせる鉢はない。前にも希少な植物が忽然《こつぜん》と消えてしまったことがあるので、不安な気持ちになった。

「いったいどこに……」

盗まれたのでなければいいのだけれど、とレーアは祈るように両手を組む。

ここにある植物のほとんどは、母が残してくれたものだ。それがなくなるのは、母との思い出までなくなっていくようで悲しかった。

「僕が見つけます。必ず」

落ち込むレーアに、シーグが力強い口調で言った。目が合うと、しっかりと頷いてくれる。

普段無口な彼だからこそ、その言葉に重みを感じた。

「ありがとうございます」

見つけてくれたらとても嬉しい。母が好きだったものをちゃんと守っていきたかった。シーグもそう思ってくれているのだろうか。思い出を大切にする気持ちを共有できているることが喜ばしい。

気を取り直して、見回りを再開する。ぐるりと一周してみたが、なくなったのは白い花の鉢だけで、他に異常はないようだった。

確認を終え、レーアは自分の花壇に植える花の苗を選ぶ。数種類の苗をシーグが持ってくれたので、二人で温室を出て花壇に向かった。

途中、スズランの花壇の前に来ると、ついそちらを見てしまう。いつも無意識にスズランに目が行ってしまうのだ。そして母を思い出す。

悲しい気持ちに支配されないように、レーアは笑みを作った。そうしないと涙が出てくるからだ。

「……レーア様は、スズランがお嫌いなのですか？」

レーアの花壇まで苗を持ってきたところで、めずらしくシーグのほうから話しかけてきた。

確かに、この花壇にスズランは植えていないけれど、なぜ突然そんなことを言うのだろう。先ほどスズランに視線を向けたからだろうか。

「いいえ。好きな花です。どうして嫌いだと思ったのですか？」

問うと、シーグは微《かす》かに眉を寄せてレーアを見た。

「いつもスズランに向ける笑顔が寂しそうなので」

言い当てられ、レーアは一瞬顔を強張《こわば》らせた。しかし、すぐに苦笑する。

自分ではできているつもりでも、ちゃんとした笑顔が作れていなかったのだろう。

「……スズランは母が好きだった花なのです。私も好きだったのですが、見ていると母を思い出して少し寂しくなるのです」

ずっと誰にも言えなかった本音だ。

母はいつも鈴を転がすような声で笑う可愛らしい人だった。年を重ねても少女のように無邪気で、しかし誰にでも丁寧な口調を崩さなかった母。レーアの口調は母譲りである。

そんな母を思い出し、レーアはそっと目を閉じる。

シーグは何も言わずにただ静かに聞いていてくれるので、レーアは素直な心の内を吐露《とろ》することができた。

「もう二年以上前のことですが、ラッシに株分けしてもらったスズランを咲かせることができたのです。一人でお花を育てるのはあれが初めてでした。嬉しくて、母にも喜んでほしかったのに……その願いは叶いませんでした」

レーアのスズランを見ることなく、母は帰らぬ人となった。

泣いていても母は還《かえ》ってこないのだ。そんな簡単なことに気づくまで、スズランを見る度に泣いていた。涙の代わりに笑みを作るようになり、そのおかげで次第に悲しみも薄れた。思い出の花だと思えるようになるまで時間はかかったが、今ではちゃんと成長を見守ることもできるようになっている。

「あの時母に自分で育てたスズランを見せられなかったという心残りがあるから、庭に植えてあるスズランについ目が行ってしまうのでしょうね」

どうしようもないですね……と微笑みを作ってシーグを見ると、彼は一瞬つらそうな顔をした。

「すみません……」

「え？」

小さな呟きが聞き取れず、レーアは首を傾げる。するとシーグは腰袋から何か小さな種を取り出した。

「今度はこの花を咲かせてください」

シーグの言葉に、レーアはきょとんとしてしまう。

「何のお花ですか？」

「マーガレットです。苗ではなく、種から育てましょう」

言いながら、シーグは端に置いてあった庭師道具の中から、鉢と土を持ってきた。

手際よく準備を進めるシーグの手元を眺めながら、レーアはマーガレットの花が咲き誇《ほこ》る風景を頭に思い浮かべる。

マーガレットは一輪でも十分綺麗だが、まとめてブーケや髪飾りにしても素敵な花だ。薔薇のようには派手ではないけれど、咲いていればつい目を向けてしまうとても可愛らしい花なのだ。

「マーガレットって、清楚《せいそ》な美しさがある魅力的なお花ですよね」

「ええ。あなたのような花です」

レーアがうっとりしながら言うと、さらりと返された。思わずシーグの顔を見るが、彼は特に変わった様子もなく手を動かしている。

「…………」

レーアはぽかんと口を開いたけれど、何も言えずに下を向いた。

まるでレーア自身が魅力的だと言われた気がして、顔が真っ赤になってしまったのだ。勘違いだと分かっているので、こんな顔をシーグに見られたくない。

恥ずかしさを必死に押し殺してなんとか顔を上げた頃には、シーグの準備は整っていた。

レーアは、シーグの言う通りに鉢の底に水はけを良くするための石を並べて、その上から土を被せる。そこに二人で種を植えた。

少し乾燥した土を好む花ということで、水やりに気をつけ、育ってきたら一回り大きな鉢に植え替えるといいのだと教えてもらう。

いつもラッシから株分けしてもらっていたので、こんなふうに自らの手で種から花を植えるのは初めてだ。

種を植えている間に、先ほどの恥ずかしさはなくなっていた。

新たな楽しみができて、レーアは満面の笑みを浮かべる。

「私、種から植物を育てるのは初めてです。ちゃんと芽が出てくれるか心配ですけど、期待のほうが大きくて、新しい植物を植える時はいつもわくわくします。どんな花が咲いてくれるんだろうって想像すると楽しいですよね。それに、自分の手で立派に成長させることができた時の達成感は本当に素晴らしくて……」

ふと、鉢から顔を上げると、じっとこちらを見ているシーグと目が合い、レーアはハッとして言葉を切った。

「……あ、ごめんなさい。私、植物のこととなるとついはしゃいでしまって……。これだからおかしな子だと言われてしまうんですよね」

初めてスズランを咲かせてから、植物の成長の素晴らしさを知ってしまったのだ。けれどそんなことを考えるのは令嬢にとって『普通』ではないとレーアは百も承知である。

反省するレーアに、シーグは小さく首を傾げた。

「好きなもののことではしゃぐのは普通のことです。何もおかしくなんてない」

彼の澄んだ瞳が、その言葉は本心なのだと言っている。二人ともしゃがんでいて目線が同じくらいだからか、いつもより彼の気持ちが直球で伝わってくるように感じた。

「私、変わった子ではないですか？　令嬢としておかしくないですか？」

つい、そんなことを訊いてしまった。するとシーグは、じっとレーアの目を見つめたまま答えてくれる。

「僕はそのままのレーア様が一番いいと思います」

無口なシーグとは普段目で会話をしているようなものなので、彼が視線を合わせて言ってくれた言葉は信用できた。

そのままでいい。その言葉がどれほどレーアの心を救ってくれるか、きっとシーグは分かっていないだろう。

レーアは胸がぽかぽかと温かくなるのを感じた。同時に、少しだけきゅっと苦しくもなる。

「ありがとうございます」

お礼を言うと、シーグはいつものように小さく頷いた。そして一度鉢に視線を落としてから、手袋についた土を軽くパンパンと払う。

「マーガレットが咲いたら、どうか一番に僕に見せてください」

約束ですよ、とシーグはまっすぐにレーアを見つめてきた。

ああ……。彼は、レーアの心残りを昇華《しょうか》させようとしてくれているのだ。

その気持ちが嬉しくて、レーアは笑みを浮かべた。

「ええ。とびきり綺麗な花を咲かせてみせます。約束です」

レーアは手を差し出して、シーグが握手してくれるのを待った。

昔から、父や母と何か約束する時はハグをしていたのだが、さすがに家族以外の男性に気軽にハグはできないので握手で約束の証を示そうと思ったのだ。

シーグは戸惑っているようだったけれど、レーアの意図を汲《く》んでくれたのか、力強くぎゅっとレーアの手を握った。なぜかその状態のまましばらく動かなかったが、レーアが首を傾げると、ハッとした様子ですぐに放してくれる。

「レーア様にお見せできる手ではないので、手袋のまま失礼しました」

謝罪しながら、シーグは目を伏せた。

レーアに、見せられないくらい手荒れがひどいのだろうかと心配になったけれど、手のことは訊かれたくなさそうだったので、小さく頷くだけにした。

手袋越しの握手だったが、彼の手は思っていた以上に大きくて、レーアよりも体温が高いことが分かった。

「咲くのが楽しみですね」

　水やりをした鉢に優しく触れたシーグは、よしよしとそれを撫でた。植物に話しかけると元気に育つと聞いたことがあるのを思い出し、レーアも真似をして鉢を撫でる。

「すごく楽しみです。無事に芽を出してくださいね。待っていますから」

　二人で種を植えたこの花を絶対に咲かせたい。そしてシーグに見てもらって、できたら褒めてもらいたいと思った。

　シーグが庭師見習いとしてこの家に来てから、彼とこんなに長く会話をしたのは初めてだった。友人になれたような気がして、とても気分が高揚している。

　レーアには、これまで友人と呼べるような親しい人物はいなかった。足が悪かったせいか、母は積極的に人づきあいをしなかったので、母にべったりだったレーアも外に出て誰かと親しくなる機会がなかったのだ。

　一番よく話すイエンナのことは姉のように思っているので、こうして何かを一緒にやって楽しい気分になる友人のような存在はシーグが初めてだった。

　レーアがふふ……と笑うと、シーグは立ち上がりながら眩《まぶ》しそうにこちらを見た。彼にこの気持ちを話そうと、レーアも手についた土を払って立ち上がる。

「あ……」

だが次の瞬間、身体がふらりとよろめいた。長い時間しゃがんでいたせいか、思っていた以上に足が痺《しび》れていたらしい。感覚が麻痺していた。

「危ない……！」

ふらついたレーアに、さっと手が差し伸べられる。倒れるほどでもなかったのだが、足を踏み込んだのがたまたまシーグのほうだったので、レーアの身体はそのまま彼の腕の中に飛び込む格好になった。

頬がシーグの胸に当たったと思った途端、両腕でしっかりと抱きとめられる。まるで自分から抱き着いたようになり、レーアは慌てて足を踏ん張って自力でまっすぐ立とうとするが、くすぐったいような痺れが走り、またシーグの胸に身を預けることになってしまった。

「ご、ごめんなさい……！」

一瞬だけだが、全体重をかけてしまった。けれど、シーグは微動だにせず受け止めてくれて、レーアが倒れないように力強い腕で支えてくれている。

造作もない様子で抱えられ、レーアは改めてシーグは男性なのだと思わされた。

そんなことは分かっていたはずなのに、今までまったく意識していなかったのだ。心臓がドキドキとうるさいくらいに鳴り始め、そんな自分の変化に戸惑う。

「立ち眩《くら》みですか？」

間近で心配そうに顔を覗き込まれ、レーアは頬が熱くなるのを感じた。

「い、いえ、足が痺れてしまって……。でももう治ってきました。ありがとうございます」

その理由がなんだか恥ずかしかった。レーアはお礼を言ってシーグから身体を離す。

彼に触れた部分が熱い気がして、どうしていいのか分からなくなった。

レーアはシーグに会うまで、周りに同じ年頃の異性がいなかった。父以外の身近な男性といえばラッシくらいだ。だから、シーグを変に意識してしまうのかもしれない。

シーグは初めてできた異性の友人。

そのままのレーアでいていいと言ってくれた大切な友人だ。

友人ができて嬉しくて興奮しているだけなのだ。きっとそうだ。そうに違いない。と、必死に自分を落ち着かせる。

それでも変な緊張感からシーグの顔を直視できず、レーアは不自然に周囲を見回した。

すると、向けた視線の先に豪華な馬車が映る。

「あ、お父さま！」

ちょうど、父が馬車を降りようとしているところだった。数か月前に新調したそれにレーアはまだ乗ったことがないけれど、父の出迎えは何度かしている。

父と話せばふわふわとしたこの感情を落ち着かせることができるような気がして、ちらりとシーグを見る。

「あの、私、お父さまにお話があって……」

そう言うと、シーグは小さく頷いて作業に戻っていった。いつも通りの様子に安堵しながら、レーアは父のもとへ駆けていく。

「おかえりなさいませ、お父さま」

「ただいま、レーア」

出迎えたレーアに、父はいつものように優しく微笑んでくれた。

最近、父は忙しそうにあちこち飛び回っていたので、会うことができて嬉しかったが、久しぶりに見た父はなんだかやつれているように見えて不安になる。

「お父さま、少しお痩《や》せになりました？」

もともと細身ではあったが、以前より頬がこけてきている。それに目に力がなく、顔色もあまり良くないような気がした。

背の高い父を見上げているので、光の陰になってそんなふうに見えているのだろうか。

「そうかな？　最近忙しかったからかな。レーアも……」

「ちょっと！　そこで立ち止まらないでちょうだい！」

父の言葉を遮《さえぎ》ったのは、派手なドレスを着た目元の鋭い美女だった。馬車を降りたばかりの彼女は、ギロリとレーアを睨《にら》んで父の腕に自分の腕を絡ませる。

母が亡くなってから二ヵ月も経たないうちに父と再婚し、建て直した屋敷の主のように振る舞っているヤルミラという女性だ。

レーアの義母に当たるが、父が彼女と再婚してから離れで暮らすようになったレーアにはあまり接点はない。たまに会ってもこうして睨まれることが多かった。

「ごめんなさい」

ヤルミラに圧倒されて、レーアは慌てて道を空ける。

「行きましょう、あなた」

レーアに向ける冷ややかな表情から一変、ヤルミラは妖艶《ようえん》な笑みを浮かべて父の腕を引っ張った。すると父は、レーアに申し訳なさそうな顔をしながらも彼女に引かれて歩き出す。

「あ、お父さま、あの……」

話したいことがあったので、レーアは父に向かって手を伸ばす。だがそれを見たヤルミラは、汚いものでも見るかのように嫌そうに眉を顰めた。

「それ以上近寄らないでちょうだい！　ドレスが汚れてしまうじゃないの！」

言われて、レーアは自身の手に視線を落とす。レーアの両手は土で汚れていた。

「……申し訳ございません」

とても綺麗だとは言えない両手をぎゅっと握り締めて、レーアはヤルミラに謝罪した。

こんな手で触れたら、確かに彼女のドレスも父の服も汚れてしまう。

「あなた、エリが待っているわ。早く三人でお茶にしましょう」

「あ、ああ……」

ヤルミラにぐいぐいと引っ張られ、父は顔だけ振り返り、レーアを見る。

「すまない、レーア」

父の言葉に、レーアは小さく首を振った。

屋敷に入っていく父の後ろ姿を見送ってから、レーアはくるりと踵《きびす》を返して歩き出す。

話したいことはたくさんあったのに、ほとんど伝えられなかった。ヤルミラがこの家に来てから、父とは以前ほど会話ができていない。

母が生きていた頃は、両親はいつもレーアの他愛のない話を笑顔で聞いてくれていた。それができなくなったのは純粋に悲しく思う。

とぼとぼと自分の花壇に戻ってくると、ラッシが作業の手を止めてこちらを見ていた。その奥で、シーグも軽く眉を寄せている。

シーグの姿を見ても、もう先ほどの緊張感がないことにレーアは少しほっとした。

「大丈夫ですか？」

ラッシが優しく声をかけてくれる。あまり表情は変わらないが、心配してくれているのは分かった。

「ええ、大丈夫です。手が汚れているのを忘れていました」

駄目ですね、私は……とレーアは笑みを作った。

「母屋にはあまり近づかないほうがいいですね」

シーグがそう言って、目を細めながら母屋のほうを見た。

「そうですね」

レーアは素直に頷く。

ヤルミラはレーアを嫌っているようで、父は毎回申し訳なさそうに謝ってくる。

父にそんな顔をさせたいわけではないのだ。だからレーアは極力、母屋にも父にも近づかないほうがいいのかもしれない。

「そろそろ休憩時間です」

ラッシが道具を片付けながら言った。気分転換をしてくればいい、と言ってくれているのだろう。

レーアは笑顔で頷き、手を綺麗に洗ってから離れの建物に戻った。

落ち込んだ時には甘いものを食べれば元気になる、と主張するのは、食べることが大好きなイエンナだ。確かに、お腹が空いた時は悲観的になることが多い。

彼女は、火事の後に泣いてばかりいたレーアに、お腹いっぱい食べて笑ってくださいと励ましてくれた。言われるままにたくさん食べて、泥のように眠った後は、なんだかすっきりした気分になったのを覚えている。

「おかえりなさいませ、レーア様」

玄関を開けると、花瓶に花を活けていたイエンナが笑顔で出迎えてくれた。

「すぐにお茶の準備をいたしますね」

使用人の責任者であるセニヤも、掃除の手を止めて階段を下りてくる。

イエンナとセニヤは、レーアとここで生活を共にし、世話をしてくれている。父の暮らしている母屋に比べれば少な過ぎる使用人の数ではあるが、レーアは特に不自由を感じていなかった。

レーアが幼い頃から世話をしてくれていたイエンナは、火事の後もずっとレーアに寄り添ってくれている。レーアが笑えるようになったのは、彼女とセニヤが根気強く励ましてくれたからだ。

セニヤは二年前の火事の日、病気の父親の容態が急変したため実家に帰っていた。レーアの母の訃報《ふほう》を聞いた彼女は急いで戻ってきて、『私がいれば、すぐにアイニ様を連れて逃げることができたのに』と泣いた。

母が実家から連れて来た使用人であるセニヤは、この屋敷で一番長く母の近くにいてくれた人物だ。母が亡くなったことを誰よりも気に病んでいる。それでも、意気消沈するレーアを根気強く支えてくれた。

今のレーアは、イエンナやセニヤ、そしてラッシやシーグのおかげで笑って過ごせているのである。

庭園の見えるテラスに座ると、ふと視線を感じた。あたりを見回すが、庭の端で休憩をしているラッシとシーグの姿しかない。

以前から、時々誰かにじっと見つめられているような気がしていたけれど、その視線の主が分からないので、レーアは首を傾げるばかりだった。

自意識過剰なのかしら……とため息を吐いていると、セニヤが紅茶と焼き菓子を運んできてくれた。

セニヤの作るお菓子は絶品で、レーアはもちろん、イエンナも大好物である。先ほどもイエンナのつまみ食いを叱咤《しった》するセニヤの声が厨房から聞こえてきていた。

「少し前に、あの方の金切り声を聞いた気がするのですが、レーア様、大丈夫でしたか？」

紅茶を飲んでほっと息を吐き出すと、少し離れた場所に控えるイエンナが言った。

窓を開けていたからか、母屋の前での声がここまで届いてきたようだ。

あの方、というのはヤルミラのことだ。イエンナはヤルミラのことをよく思っていないようで、どうしても名前を呼びたくないらしい。

「私が土のついた手でお父さまに触れようとしたのを止めてくださったのです。危うくお洋服を汚してしまうところでした」

レーアが答えると、イエンナは眉を寄せて唇を尖《とが》らせる。

「レーア様は優し過ぎます。どうせあの方がレーア様に因縁をつけたのでしょう。いつもそうですもの。レーア様を目の敵にして……」

ぶつぶつと文句を言うイエンナに、セニヤが鋭い視線を向けている。主人の前で率直に意見するイエンナを咎《とが》めているのだ。

そんな視線は慣れっこなのか、意に介することなくイエンナは続ける。

「あの方、隣国の貴族だったそうですけど、本当ですかね？　あんなに品のない貴族がいるなんて信じられません。それに、こっちの国の酒場で働いていたっていうことは没落したってことでしょう？　没落貴族がどうしてあんなに偉そうにできるんでしょうね。旦那様はどうしてあんな人と再婚なんてなさったのでしょう」

イエンナの言葉に、レーアは苦笑することしかできなかった。

隣国の貴族だった女性が、こちらの国に来て酒場で働くことになったのは、きっと何か大変な事情があったに違いない。彼女も苦労して生きてきたのだ。そう思うと、彼女のことをあまり悪くは言いたくなかった。

「しかも、あんなに大きな子どもまでいたなんて……、旦那様は奥様のこともレーア様のことも裏切って……」

悔しそうに語尾を震わせたイエンナは、そこで口を噤んだ。

イエンナの言う通り、父は母を裏切っていた。ヤルミラと再婚したことで発覚したが、父はヤルミラとの間に子をもうけていた。エリという名の少女で、今年十四歳になる。

貴族が愛人を作るなんてめずらしいことではないだろう。けれど、足の悪い母をいつも優しく手助けして気遣っていた父が、十年以上も前から他の女性にも愛情を注いでいたなんて、想像もしていなかった。

その事実を知った時、レーアは何も言えずにただただ泣いた。父は何度も謝っていたが、当時はそれを受け入れられる心の余裕などなかった。

今でも、完全には受け入れられていない。ヤルミラとエリに父をとられてしまったように感じているからだ。

ずっと父は母だけの『夫』、レーアだけの『父親』だと思っていた。家族の愛情を向けてもらえるのは自分たちだけだと思っていた。

けれどそれは思い違いで、父には他にも注げる愛情があったのだ。

母は気がついていたのだろうか。

もし父が他の女性を愛していると気づいていたら、あんなにヴェールを大事にしていただろうか。

毎日笑顔で出迎えて、気遣い合って、レーアを大切に育ててくれた、あの日々はまやかしだったのだろうか。

いつも笑顔でいた母は、実はその胸の内に悲しみを抱えていたのだろうか。

穏やかで優しくて、誰のことも悪く言わなかった母。そんな母だからこそ、本音ではどう思っていて、何を感じていたのかレーアには分からない。

問いかけても、母はもう答えてはくれない。

それなら、ヤルミラのこともエリのことも知らないでいてくれたらいいと思う。何も知らずに逝《い》けたのなら、そっちのほうがきっと幸せだろうから。

レーアはそっと目を閉じ、思い出の中の母の幸せを願った。

その日の夕方。

夜はまだ冷えるので、シーグと一緒に植えたマーガレットの鉢を温室に移動しておこうと、レーアは庭に出た。

日が沈んでしまう前に済ませなければと、急いで鉢を持って温室に向かう。

レーアの手の中にあるのは、何の変哲もない普通の鉢だ。けれど、初めて種から育てる大事な花だった。

　それに、シーグと一緒に植えた花でもある。立派に咲かせると約束をしたし、何よりも綺麗に咲かせてあげたいと思った。

　温室のよく日が当たる場所に鉢を置き、髪を結っていた細いリボンを外して印として鉢に巻いておく。

　青いそのリボンがシーグの瞳と似た色だったので、二人で植えたものだと分かりやすくてとても良い。二人だけの秘密のような気がして嬉しくなる。

　明日、シーグに見せよう。そう思ったら、わくわくした気持ちになった。

　昼間は父と話せなくて少しだけ悲しい気持ちになったが、こうして植物の世話をしていると気分は浮上していく。

　見ているだけで癒《い》やされるから、レーアは植物が好きだ。

　手を掛ければ応えてくれるし、綺麗な花を咲かせて豊かな気持ちにさせてくれたり、青々とした葉を広げて楽しませてくれる。

　そして何よりも『一生懸命生きています』と言わんばかりに太陽に向かってぐんぐん伸びていく姿が微笑ましい。

　このマーガレットもきっと逞《たくま》しく育ってくれるだろう。花が咲いたところを想像して微笑んでから、レーアは温室を見渡す。

「さて、と……」

せっかく温室に来たのだからこのまま戻るのももったいない気がして、他に何かしておくことはないかと考えてみる。

気が早いかもしれないけれど、マーガレットのために一回り大きな鉢の準備をしておこう。様々な花の植え替えの時期が重なってしまうと、鉢が足りなくなったりするのだ。確か温室の脇に予備がまだあったはず。

レーアは温室を出て脇へ回り、鉢がたくさん置いてある簡易の物置へ近づいた。そこで、タッタッタッと誰かの軽快な足音がしたので歩みを止める。

「シーグ！　そんなところで何をやっているの？」

温室の裏のほうから、少女の明るい声が聞こえてきた。

この声は……とレーアは声の主にすぐに気づいた。掃除をしながらシーグの話題で盛り上がっていた少女の声だ。確か、カイヤと呼ばれていた。

その少女が、シーグに声をかけたようだった。はっきりと聞こえるので、昼間よりも近くにいるのだろう。温室の角を曲がればお互いに姿が見える距離かもしれない。

「仕事をしていた」

シーグの答えを聞いて、レーアの胸がドキリと大きく跳《は》ねる。

当然と言えば当然なのだが、シーグはレーアに対していつも敬語だった。それに、ラッシャイエンナ、セニヤと話す時も敬語である。だから、こんなふうに気安く誰かと話しているのを聞いたのは初めてだったのだ。

それだけシーグとカイヤは打ち解けているのだろう。そう思ったら、なぜか胸がずしりと重くなった。

「庭師って、こんな時間まで仕事をしているの？　ラッシはもう帰ったでしょう？」

「技術磨きの居残りだ」

無邪気に話しかけるカイヤに、シーグは少し素っ気なく返事をした。けれどカイヤはそんな彼の態度は慣れっこなのか、楽しそうに話しかける。

「仕事熱心ね。私はもう仕事終わりなんだけど、良かったら食事でも行かない？」

「この後用事がある」

「前も同じこと言ってた。そんなに大事な用なの？」

「大事だ」

「もう……。もう少し私にも愛想良くしてくれてもいいのに。昼間、シーグがレーア様と話しているのを見かけたけど、なんだかすごく楽しそうだったし親しげだったわ。でもね、あなたは庭師なんだから、庭師として接しないといけないのよ。相手は伯爵家のご令嬢なんだから。身分違いってやつよ」

「……ちゃんと弁《わきま》えている」

自分の名前が出てきて朝と同じようにびくっとしてしまったが、シーグの言葉を聞いて、その驚きが寂しさに変わった。

……そうだった。

レーアは伯爵令嬢で、シーグは庭師見習い。友人ですらなかったのだ。

その現実を突きつけられ、レーアはがっくりと肩を落とした。

シーグはレーアと適切な距離を保っていたのに、レーアは仲良くなれた気がして浮かれていた。

自分の立場をきちんと弁えないといけなかったのはレーアのほうだ。彼とは友人になることも難しかったのだ。

「そういえば、レーア様って大きな傷痕があるから縁談がなかなかまとまらないらしいわね。火事の時についた傷だって聞いたけど、お嫁に行けないのは可哀想よね」

レーアが落ち込んでいる間も会話は続いていた。今日はなぜか自分の話ばかり聞く。

「もっと早く助け出せていたら……」

――え?

まるで火事の時に現場にいたようなシーグの呟きに、レーアはより一層集中して耳を澄ませる。

「それって……きゃっ……！」

シーグの言葉の続きを待っていたのに、小さな悲鳴が聞こえてきて、レーアは思わず温室の角から身を乗り出し、覗き込んでしまった。

そして、目に映った光景に思わず息を呑む。

一瞬、シーグがカイヤの肩を抱いているように見えたのだ。けれど、すぐに「気をつけろ」と言いながら手を放したので、転びそうになったカイヤを支えただけなのだと分かる。

昼間にレーアを支えてくれた時と同じような状況だ。

そう。彼は誰にでも優しいのだ。

それでも、心臓がうるさいくらいに鳴っていた。

レーアは慌ててもとの位置に戻り、気配を消すことに努める。

こんなふうに盗み聞きするような真似はしたくないのに、二人の会話が気になって仕方がなかった。そんな自分の行動に自分で驚いている。

「もう時間だ。僕は帰る」

会話がまだ続くと思ったのに、突然シーグがそう言って立ち去る足音がした。

「待ってよ！　もう！　急なんだから！　門の外まで一緒に行きましょうよ！」

カイヤの声も遠ざかっていく。二人並んで歩いているのだろう。

レーアはこの息苦しさをどうにかしたくて、鉢も持たずに自室へ向かって走った。けれど、ベッドに潜り込んでも胸の苦しさは治まることはなく、大きなため息を繰り返すことしかできなかった。

三章

エイナルはうるさい酒場は好きではない。

できれば一人で静かに飲みたい。

けれど、エイナルを呼び出した人物が、騒がしく活気のある酒場を好んで利用しているので、仕方なく今日も足を踏み入れた。

酒場は今日も盛況だった。がさつな男たちの大きな声が店中に響き渡っている。

「遅かったな、エイナル！」

奥にいた金髪の男が手を振ってエイナルを呼んだ。すると、その男にしな垂《だ》れかかっていた女が、エイナルを見て残念そうに立ち上がる。

「ヴィー、明日こそ付き合ってよね」

女は名残惜しそうに言って、男から離れた。男はウインクしながら酒瓶を持ち上げる。

「もちろんだよ。綺麗な女性と飲むのはいつでも大歓迎さ」

気障《きざ》な言動がやけに様《さま》になっているヴィーと呼ばれたこの男は、一応エイナルの上司である。

すらりとした長身が目を引くが、それ以上に目立つのは、サラサラの金髪に、いつも何か面白いことを探してキラキラしている碧い瞳だ。整った顔立ちとその人懐っこさから、女性だけでなく老若男女が寄ってくる。

人づきあいが得意でないエイナルは、正直あまり彼と一緒にいたくない。次々に人が来て、何かと話に巻き込まれるからだ。

それに、ヴィーに言い寄る女性たちが気まぐれにエイナルにも誘いをかけてくるのが鬱《うっ》陶《とう》しい。

だが、上司である彼の言うことは絶対。だからこうして、いつも嫌々ながら素直に呼び出しに応じているのだ。

エイナルは酒場全体が見渡せるように、ヴィーの隣の壁際の席に腰を下ろした。

「そんなに警戒しなくても大丈夫さ。今日は大事な話があるからあまり近づかないでくれとみんなに言ってあるから」

エイナルの懸念を払拭《ふっしょく》するように、ヴィーは笑ってそう言った。

ここにいる全員と知り合いであるかのような言い方に、ヴィーの素性を思うと複雑な気持ちになったが、彼が人に好かれるのはこうした気遣いができるからなのだろう。

仕事で彼に扱《こ》き使われることは多いが、尊敬できるところもある。だから今でも彼の部下でいるのだ。

「何か情報は？」

ヴィーは少しだけ声量を落とし、顔を傾けるようにしてエイナルを見た。

「また高級家具の買い付けに行っていたくらいしか、新しい情報はない」

「人の金だと思って使い放題だな」

エイナルの返答に、ヴィーは嫌そうな表情を隠さない。

ヴィーの言う通り、エイナルの監視対象は贅沢三昧《ぜいたくざんまい》の日々を送っていた。二年近く豪遊を繰り返していて、それ以外に怪しい行動はとっていない。早くボロを出してほしいのに、毎回空振りなのだ。

「そっちに新しい動きは？」

今度はエイナルが問う。するとヴィーは、顔見知りの美人の店員に手を振りながらも、エイナルにしか聞こえない声で答えた。

「ミカルからの報告では、例の子爵がまた怪しい動きをしているようだ。今、金の流れを調べさせている」

「また情報を漏らす可能性があるってことか」

「ああ。それと、また大金が流れる」

「その前に手を打つんだろ？」

「当然だ。証拠を摑んで自白させてそのまま被害届も出させるさ。当然爵位は剝奪されるが、脅され続けるよりはマシだろう」

任せろ、とヴィーはウインクをした。そのウインクはエイナルではなく、店員に向けてのものである。

真面目な仕事の話をしているというのに、同時に美人の気も引いている。エイナルはこのヴィーという男の器用さに感心しつつ、呆れもした。

「それで、お前の潜入のほうは……」

ヴィーの言葉が途切れたのは、酒場の出入り口を見たからだろう。エイナルも彼の視線の先を追って納得した。

酒場に顔見知りが入ってきたのだ。鬼の形相で足早に向かって来るのは、茶色の髪を後ろに撫でつけた長身の男だ。

シャツにズボンという軽装ではあるが、ヴィーやエイナルとは違い、見る人が見れば高級品だと分かる品物を身につけているその男は、ヴィーの部下で、エイナルの親友でもあるミカルという男だ。

ミカルはまっすぐにヴィーのところまで来て、バンッとテーブルを叩いた。

「帰りますよ。今すぐ」

静かな声音なのに、従わなければならないと思わせる圧《あっ》がある。

「はい……」

おとなしく立ち上がって歩き出すヴィーに続き、エイナルも一緒に酒場を出た。

支払いは済んでいるらしく、酒場の店主や他の客たちは笑って見送ってくれた。こんなふうにヴィーがミカルに連れて行かれるのは毎回恒例となっているので、みんな面白がっているのだ。

どうやらヴィーは、金持ちの放蕩《ほうとう》息子だと思われているようだ。ヴィー自身がわざとそう思わせる言動をしているのだろう。抜かりのない男だ。

人通りの少ない場所まで来てから、ミカルは眉間に深いしわを刻んでヴィーに向き合った。

「こんな町外れの飲み屋に来るのは危険だと何度も言っているじゃないですか」

声を荒らげてはいないものの、眼差しはとても冷たい。

ミカルは随分前からヴィーの世話係を押しつけられているため、毎日のようにふらふらしている彼を探し回っては捕まえていた。

ヴィーはミカルを振り回している自覚があるので、毎回黙って説教を聞いている。それでも遊び歩くことをやめないのは、本人曰く『正義のため』である。

「あなたのしていることのすべてが悪いとは言いません。ですが、せめてこういう場所での情報収集は他の者にやらせてほしいんですよ」

「善処する」

ヴィーの返事に、ミカルは小さくため息を吐き出した。

ミカルはエイナルよりずっと長くヴィーの傍にいる。だからヴィーの性格を十分承知しているのだ。

「お前もだ、エイナル。もし関係者に見つかったら、お前もおかしな噂を流されるんだぞ」

ヴィーにこれ以上何を言っても無駄だと判断したからか、矛先《ほこさき》がこちらに向いた。

「僕は影が薄いから気づかれない。大丈夫だ」

胸を張って言うと、ミカルの眉間のしわがさらに深くなった。

「そういう問題じゃない。いくらお前の顔があまり知れ渡っていなくても、ブレンドレル伯爵家の人間にはすぐにばれてしまうだろう」

「父や兄は、こんなところに来ない」

ブレンドレル伯爵家の次男であるエイナルは、煌《きら》びやかな容姿の兄や妹と比べて地味だからか、三人一緒にいるとエイナルだけ気づかれないことが多い。面倒なことが嫌いなエイナルは、その存在感のなさをとても気に入っている。

「そうは言っても、ヴィーと一緒にいるせいで女性が言い寄ってくることもあるんだろう？　そこから悪い噂が流れたりしたら困るのはお前なんだぞ。もう少し伯爵家の人間としての自覚を持て。お前は少し世間知らずなところがあるから……」

ミカルの説教が始まった。エイナルは無表情でぼんやりとそれを聞き流す。

幼少の頃からエイナルの表情筋はあまり動かなかった。しかも、何事にも興味を示さなかったため、家族は『心の病だ』と思ったらしい。

思い込みの激しい彼らは、エイナルの脆《もろ》い心を守らなければと躍起《やっき》になった。だから、エイナルは昔から余計なことは教えられずに育った。

彼らの努力はありがたいけれど、エイナルは心の病ではなく、こういう性格なだけである。

現に、身体を動かすことは好きだし、他の家族に比べれば起伏が緩やかではあるもののしっかりと感情もある。ただ、表情に出ないだけなのだ。

それを分かってもらうまで長い年月を要した。今では、家族もエイナルを対等に扱ってくれていると思う。少なくとも、守らなければならない対象ではなくなった。

そんなわけで、エイナルは世間知らずだった。けれど、ヴィーの下で働くようになってからは、世の中の酸《す》いも甘いも嚙み分けた大人になったと思っている。

疎《うと》いのは色事だけである。ヴィーもそれを承知しているので、男女関係の仕事は他の部下にやらせているようだ。

エイナルにとって、興味がある女性はただ一人だけ。

彼女と出逢う前までは、体術や剣術の鍛錬《たんれん》をしている時間が一番楽しかった。だから、自分は性に淡泊なのだと思っていたが、彼女と出逢い、人並みに性欲があると分かった。今では彼女とそういう関係になった時のために、放置していたその手の本を読んで勉強するようになっている。

まだ想いも告げていないが、いつか必ずその知識が必要になると、エイナルは信じて疑わなかった。

「それで、エイナルは今、ニーグレーン伯爵家のあの件で調査をしているんだろう？」

エイナルが考え事をしていると、いつの間にかミカルの説教は終わっていた。彼は仕事の時の顔になってこちらを見ている。

ミカルもヴィーの仕事に関わっているので、内情は把握しているのだ。

「そうだ」

エイナルが頷くと、脇からヴィーが口を出してくる。

「新しい情報は特にないってさ。あるとすれば、エイナルが想い人を陰からこっそり見守る以外のことをしたかどうかだな。お前さ、彼女の命の恩人なんだから、それを暴露して気を引けばいいのに」

「そんなことをしなくても、距離は着々と縮まっている」

胸を張って報告するが、ヴィーにはなぜか憐みの目で見下ろされた。

「本当か？　遠くから見守ってうだうだしてるようにしか見えないけどな。火傷まで負って助けたんだから、それくらいしてもいいと思うけど。あんまり悠長《ゆうちょう》なことをしていると、誰かに掻っ攫《さら》われるぞ」

「……言えない。彼女が悲しむ」

誰かに盗られるのは嫌だ。けれど、あの時のことを彼女に話そうとは思わない。彼女があの時のことを思い出し、悲しい気持ちになるのは嫌だったし、エイナルは彼女の必死の願いを叶えてあげることができなかった。それが今でも心残りなのだ。

「帰ろうか」

黙り込んだエイナルの頭を軽く撫でてミカルが歩き出したので、エイナルはその後ろをついていく。すると、ヴィーが肩に腕を回してきた。

「女性の扱いをまったく分かっていないお前に教えてやろう」

何を言い出すのかと背の高いヴィーを見上げると、彼は内緒話をするように顔を近づけてくる。

「いいか、エイナル。悲しんでいる女性を慰《なぐさ》める時は、抱きしめてキスをするんだ。そうするとすぐに泣きやむ。それで……」

「……勝手にそんなことをしていいのか？」

「馬鹿、最初は相手が振りほどける程度に抱きしめるんだよ！　拒まれないようならキスだ！　いいな！　必ずキスだ！」

今まで見たこともない真剣な表情でヴィーは言ってきた。だからきっとそれが正しいのだと思い、エイナルは真面目に頷く。

「分かった」

彼女が落ち込んでいる時には、そうやって慰《なぐさ》めてあげよう。

そうしたら、笑顔を見せてくれるだろうか。

いや、その前に、本当に触れても構わないのだろうか。

彼女の髪の毛も顔も声も身体も、すべてが愛おしい。あの白い小さな手に触れたい。柔らかそうな頬に触れたい。華奢《きゃしゃ》な身体を抱きしめたい。もちろんキスも……。そんな妄想は常にしている。

けれど、まだ遠くから眺めているだけでいい。

ただ彼女が笑ってくれるだけでいいのだ。花が咲いたようなあの可愛らしい笑顔を守りたい。

だからエイナルは、彼女が傷つかないように、困らないように、いつも笑顔でいられるように、もうかれこれ二年も彼女を見守っていた。

「鵜呑《うの》みにするな、エイナル」

ヴィーの助言が聞こえていたのか、慌てたようにミカルは言ったが、万が一にも彼女を慰める事態が発生した時のためにイメージトレーニングをしているエイナルには、まったく届かなかった。

四章

いつもより早く目が覚めてしまった。

レーアは上半身を起こして、うっすらと光の差し込む窓を見つめる。

今日も天気は良さそうだ。

昨夜は、父のこととシーグのことで気分が沈んでしまったが、一晩寝てなんとか落ち着いた。

父のことは仕方がないとして、シーグのことは、自分が勝手に友人だと思っておく、という結論に達したのだ。彼がどう思っていようと、レーアが心の中だけで勝手に友人認定しておく分にはきっと問題は起きず、迷惑はかからないだろう。対面した時に距離感に気をつければ、お互いに今まで通り平和に過ごせるというわけだ。

『もっと早く助け出せていたら……』

ふと、シーグの言葉を思い出す。

彼が火事の時のことを知っている様子だったのは気になって仕方がないが、もしかしたらレーアの聞き間違いで、実際は『もっと早く助け出されていたら……』と言っていたのかもしれない。

その後は、『そうすれば怪我をしなくて済んだのに』と締めくくられるはずだったのではないだろうか。

みんな同じようなことを言っていたのをレーアは知っている。だからきっと、シーグもそう言おうとしていたのだ。

……もし、そうでないのなら、と考えてレーアは首を振った。

直接シーグに訊けばいい。悶々《もんもん》としているよりも、本人から答えをもらったほうが断然いいではないか。

とにかく、今日やれることを前向きに考えよう。

まずは、昨日鉢から花壇に植え替えた花たちに水をやって、しっかりと根付くようにしなくては。

それに、植物が最もよく成長する季節なので、温室にある植物にもたっぷりと水をあげて、一つひとつの様子をよく見て肥料も追加しよう。

レーアが率先して面倒を見ているので、温室の植物にはラッシはあまり手を出さないでいてくれる。

気がついた時には助言をしてくれるし、重い鉢の移動はシーグが買って出てくれるので、レーアは安心して植物の成長を見守ることができていた。

「そういえば……」

ベッドを下りながら、気になっていることがあるのを思い出した。

温室の奥にある植物の葉の色が少し薄くなってきていたのだ。かつて母が取り寄せた赤い葉の鮮《あざ》やかなそれは、緑が多い温室の中でひと際目立つので、レーアのお気に入りでもあった。

太陽の光が足りないのか栄養が足りないのか分からないので、とりあえず様子を見てラッシに相談してみよう。

そう決めると、汚れてもいい格好に着替えて、レーアは温室に足を向けた。

早朝の庭園は、昼間と違ってひっそりとしている。植物もみんな眠っているように感じて、自然と忍び足になってしまう。

それは温室も同じで、植物たちがいつもより静かに思えた。昼間は元気に太陽に向かって顔を上げている子たちが、今は目を閉じて休んでいるようだ。

こういうのも新鮮で良い。

普段と違う顔を見ているようで、レーアは楽しくなってきた。母のことを思い出して落ち込むこともあるけれど、季節や時間によって様々に変化して心を癒やしてくれる植物たちにレーアは救われていた。

思わず鼻歌まで出てしまったが、突然、奥からガサガサという音が聞こえてきて、ぴたりと動きを止めた。

「誰かいるのですか？」

奥に向かって声をかける。すると次の瞬間、ガチャンッと何かが割れる音がした。

慌てて音のしたほうに走っていくと、暗い色の服を着た髪の長い人物が地面に倒れているのが見えた。

「だ、大丈……」

「こんなところにこんなものを置かないで！　邪魔よ！」

大丈夫かと尋ねる前に、叱られてしまった。

声の主は、妹のエリだった。よく見ると、彼女のすぐ傍でトゲトゲの葉の植物と赤い葉の植物の鉢が割れている。どちらかに躓《つまず》いて転んでしまったのだろう。

「ごめんなさい。今片付け……」

「服が汚れてしまったじゃない！　最悪！」

またしてもレーアの言葉は遮られた。エリはレーアと会話をしたくないらしく、初めて会った日から、まともに目も合わせてくれない。

自分に妹がいることを知った時は、父に裏切られた気がしてショックで何も考えられなかったが、血の繋がった姉妹なのだから仲良くしたいと今は思っている。

けれどエリはレーアのことを嫌っているようで、義母同様、打ち解けるのは難しそうだった。

それにしても、エリはなぜこんな時間に温室にいるのだろうか。もしかすると、レーアと同じように早くに目が覚めてしまったから、散歩がてら植物を見に来たのかもしれない。

エリは服についた土を払いながら立ち上がり、むっとした顔で割れた鉢を見た。そしておもむろに赤い葉の植物を摑み上げると、割れた鉢がぶら下がったそれを、構わずレーアに投げつけてきた。

「あ……！」

当たるのを覚悟して、両腕で顔を庇う。しかし、思っていたような衝撃がない。

不思議に思い、無意識に瞑《つむ》ってしまっていた目を開けると、視界が白で覆われていた。

「え……？」

レーアは状況が理解できずに呆然とする。直後、視界の端に、ふんっとそっぽを向いて足早に去っていくエリの姿が見えた。

それでやっと気づく。レーアの目の前にいる白いシャツの人が守ってくれたのだと。

「あの……」

声をかける前から分かっていた。これは、シーグの背中だ。

「怪我はありませんか？」

振り返ってレーアを見下ろしたのは、やはりシーグだった。

はい、と返事をしようとして、レーアは大きく目を見開く。シーグの白いシャツの腕の部分が赤く染まっていたからだ。

「大丈夫ですか!?」

鉢の破片でシーグの服と腕が切れてしまったのだ。

「このくらいなんてことないです」

ポケットから手ぬぐいを取り出したシーグが、切れた袖を捲って傷口を押さえようとしていたので、レーアは傷の確認をしようと横から素早く覗き込む。

「……っ！」

そこで、レーアは息を呑んだ。

血の滲む切り傷の下に、火傷の痕が見えたからだ。

「あ、あの……それ……」

はっとしたシーグは、レーアから火傷の痕を隠すように手で覆う。

「あまり綺麗なものではないですから」

見ないほうがいいとシーグは言うが、レーアの目は釘付けになっていた。

「それは……その傷痕はいつできたものですか？　火傷の痕ですよね」

「………………」

問いかけてもシーグは答えてくれなかった。困ったように視線を下げている。

「私の恩人も、同じところに火傷を負っていました」

「………………」

「私を助けてくれた後、手当ても受けずに立ち去ったと聞きました。だからきっと痕が残ってしまっていると思うんです。あなたの火傷の痕のように……」

「………………」

シーグは口を開かない。否定してもくれない。

「人に見られるのが嫌なら、私の部屋に来てください。私が手当てしますから」

レーアはシーグの怪我をしていないほうの腕を掴んで引っ張った。そして彼を連れて足早に自室へ向かう。

イエンナがレーアを起こしに来るまで、まだ時間がある。幸い、二人は誰にも会わずにレーアの部屋まで来られた。

考えてみれば父以外の男性を自室に入れるなんて初めてだが、今はそんなことを気にしている場合ではない。

戸棚から布と薬が入った籠と鋏《はさみ》を取り出したレーアは、シーグをソファに座らせ、自分はその隣に腰を下ろした。血で汚れたシーグの手ぬぐいを取ると、袖の部分を慎重に鋏で切り取る。

傷口の血を布で丁寧に拭い、以前薬師に調合してもらった傷薬を塗って新しい清潔な布を巻いた。

「手袋も血で汚れてしまいましたね。洗いましょう」

レーアは、強引かもしれないと思いながら手袋も剝《は》いでしまう。シーグは戸惑った様子だったけれど、それを止めようとはしなかった。

いつも手袋をしているから気がつかなかったが、指が長く、男らしく筋張った綺麗な手だ。手のひら側の小指の付け根には、あの時見たものと同じ古い傷痕がある。この傷痕を確認したかったのだ。

そして、腕にある火傷の痕。これだけ揃えば、推測は確信に変わる。

「やっぱり……。この火傷の痕はあの時の……」

レーアの呟きに、シーグの手がぴくりと動いた。

顔を上げてシーグを見ると、彼は困ったように眉を寄せていた。

シーグが頑なに手袋を外さなかったのは、手首から腕へ続く火傷の痕を見せたくなかったからだろう。

「あなたが……二年前の火事の時に私を助けてくれた人なのですね……？」

緊張しながら問いかけるレーアに、シーグは一度唇を引き結んでから、ゆっくりと頷いた。

「……僕がもっと早く駆けつけていれば、あなたがあんな大怪我をしなくて済みましたし、あなたのお母さまも……。すみません。僕は、あなたがこれ以上傷つかないように、陰から見守ることしかできなくて……」

シーグが謝罪の言葉を口にしたので、レーアは慌てて首を振った。

「何を言うのですか。母は私が駆けつけた時にはすでに息をしていませんでした。あなたが来てくれたから私はこうして生きているのです。あの時、助けてくださって本当にありがとうございました。ずっとお礼を言いたかったのです。……言えて良かった」

二年間ずっと会いたいと思っていた人。

会って、お礼を言って、そして……。

――そして？　そしてどうしたかったのだろう。自分で自分の気持ちが分からない。

胸がぎゅっと締めつけられた。

シーグはずっとレーアを見守ってくれていたという。時々感じていた視線も、彼のものだったのかもしれないと思うと嬉しかった。

二年前にレーアを助けてくれた人。一年半前からレーアを見守り、さりげなく手助けをして守ってくれた友人。

この二人が同一人物だと知って驚いたけれど、とても幸せな気持ちになって、レーアは顔を綻ばせる。

するとと突然、シーグがぴたりと動きを止めた。

どうしたのかと首を傾げると、何かが自分の頬を伝って床に落ちるのを感じる。レーアの瞳から涙が出ているのだ。

なぜ泣いているのか自分でも理解できないのに、涙が溢れて止まらない。

「……あ、あれ……。どうして……。すみません、止まらなくて……」

謝ると同時に、シーグの腕が伸びてきた。

「え……？」

驚いている間に温かなものに包まれ、硬い何かが頬に押しつけられる。

それがシーグの胸板だと気づくのに少し時間がかかった。

無言のシーグから伝わってくる鼓動はとても速くて、彼の身体はとても熱い。もしかしたら、鼓動が速いのも身体が熱いのもレーアのほうなのかもしれない。どちらのものか判断できないほど密着していた。

けれど、次第にそんなことはどうでもよくなってきた。

緊張するのに安心する。そんなおかしな気分で、レーアはシーグの胸に頬を押しつける。

父とは違う、鍛えられた硬い胸と、包み込むように抱きしめてくれる腕。

昨日レーアを支えてくれた時とは明らかに違う。これは抱擁《ほうよう》だ。

両親以外にこんなふうに抱きしめられたことはない。それなのに、全身を預けてしまいたいと思うほどに安心していた。

シーグが身じろぎするのを感じ、レーアは顔を上げる。

吸い込まれそうなほど深い青色の瞳が、じっとレーアを見つめている。こんな至近距離でじっくりと見たことがなかったので、その美しさにドキドキと胸が高鳴った。

瞳が近づいてくるのをただ惚けて見ていたら、唇に柔らかな何かが触れた。

「……え？」

今、何があったのだろうか。

確認するよりも早く、シーグの瞳は離れてしまった。それを少し残念に思う。

「嫌、でしたか？」

呆然とするレーアを見て、シーグは不安そうに目を細めた。

訊かれて気がついた。今、シーグに口づけをされたのだ。

「……いいえ。嫌ではありません」

言葉にしてから、本当にまったく嫌ではなかったと実感する。

初めての口づけは、父が決めた結婚相手とするものだと思っていた。それがこんなふうに命の恩人とすることになるとは想像もしていなかったけれど、シーグが相手で良かった

と、心から感じた。

じわじわと胸のあたりが温かくなっていく。

「良かった。涙が止まりましたね」

そう言って、シーグはふわりと微笑んだ。それを見て、レーアは大きく目を見開く。

一年半も一緒にいたのに、シーグのこんな笑顔は初めて見た。

いつもほとんど表情を変えない彼が、嬉しそうに頬を緩めたのだ。その笑顔に、レーアの胸はキュンとした。

これがトキメキというものなのだろうか。母やイエンナから聞いたことはあるが、自分がそれを感じるのは初めてだった。

レーアは、自分がシーグに惹《ひ》かれているのだと自覚した。

無口で優しい彼に好意を抱いていたのは確かだが、それが恋愛感情であるなんて、今まで考えたことはなかった。あの気分の高揚は、初めてできた友人に対する喜びだと思っていた。

一緒にいると楽しくて、身体に触れたらドキドキして、他の女性と一緒にいるのを見たら胸が苦しくなって……。

そこまで考えた時、昨日の光景が脳裏に蘇《よみがえ》った。シーグがカイヤの肩を抱いているように見えたことだ。

「あの……カイヤとは仲が良いのですか？」

なぜ今こんなことを訊いてしまったのか。声に出してからレーアは後悔した。

シーグが誰にでもこんなことをしているなんて思っているわけではない。けれど、昨日の親しげな二人を見てしまってから、ずっと気になっていたのだ。

仲が良い、と言われたら落ち込むのは間違いないのに訊いてしまうなんて。自分はなんて馬鹿なのだろう。

「……カイヤ？」

怪訝な顔をして考え込んだシーグは、しばらくして何か思い当たったようだった。

「ああ……。彼女はただの知人です。話しかけてくるので答えているだけで、仲良くはないですね」

「そ、そうですか……」

シーグが否定してくれて安堵してしまった。

きっとカイヤは彼のことが好きで話しかけているのに……と思うと心が痛む。

そうか。これが恋なのか。

レーアの動揺など知る由《よし》もないシーグは、まっすぐにレーアを見つめてくる。

彼に見られているのが恥ずかしくて、いや、それ以上に、カイヤの恋心を知っているのに、『彼女はただの知人』という言葉に喜ぶ自分が嫌な人間に思えて、レーアは顔を伏せる。

――でも、先ほどのお礼はちゃんと言わないと。

そう思い、勇気を出して少し顔を上げてみる。

「シーグ……先ほどは、守ってくれてありがとうございます」

言うと、シーグはそっとレーアの手に自らの手を重ねてきた。

「当然のことをしたまでです。あなたに怪我がなくて良かった」

嘘のないまっすぐな瞳だ。彼が本気でそう言ってくれているのが分かる。

シーグはずっと変わらないこのまっすぐな瞳と力強い腕でレーアを守ってくれている。

彼がいると思うだけで、どれだけ心強いか。

気軽に誰かを頼ることができなくなってしまった今のレーアには、シーグの存在はいつの間にか心の支えとなっていた。

「そういえば、シーグはどうしてこんなに早い時間に温室に……？」

ふと疑問に思ったことを訊いてみる。

レーアはたまたま早く目が覚めてしまったからあそこにいたが、シーグはなぜあの場にいたのだろうか。

「偶然です。仕事の前に、なくなった花のことについて調べようと思って温室に行ったら、あなたが危ない目に遭っていたので咄嗟に飛び出しました。間に合って本当に良かった」

シーグは心底ほっとしたように息を吐く。

なくなった花を見つけるという約束を守るため、朝早くから動いてくれていたのだ。

本当に、なんて優しい人なのだろう。危険だと分かっていて、他人のために、咄嗟に飛び出すなんてそう簡単にできることではない。人間は、まずは自分を守ろうとする本能があるからだ。

こんなに素敵な人、好きにならずにはいられない。

でも、想い合ってはいけない人でもある。

レーアは伯爵令嬢。そしてシーグは庭師見習いだ。

カイヤも言っていたが、二人の間にはどうすることもできない身分差がある。

立場を弁えなくてはと自分を戒めていたのに、翌日には恋を自覚してしまった。

でも、想うだけならいいだろうか。レーアが一方的に想うだけなら許してもらえるだろうか。

恋を知った日にこの想いを手放すなんて、レーアにはできそうになかった。だからどうか、この想いは見逃してほしい。

「レーア様、先ほどのように一方的に攻撃されるようなことがあったら、いつでも僕を呼んでください。くれぐれも無茶をしないように、気をつけて」

シーグは真剣な眼差しでそう言い残し、イエンナが起こしに来る前に仕事に向かったが、レーアはその後もずっと彼の笑顔が頭から離れなかった。胸が痛くて、でも温かくて、不思議な気持ちのまま一日が過ぎる。

レーアはその日、生まれて初めて、誰かのことを想って眠れない夜を過ごしたのだった。


翌日。

イエンナに起こされて、レーアは目を覚ました。

「まだ眠そうですね。今日は朝食が済んだら、もう少しお休みになられますか？」

レーアの着替えを手伝いながら、イエンナが心配そうに顔を覗き込んできた。自分でもちゃんと目が開いていないのが分かるので、素直に頷く。

「ええ、そうします。でも、夢見が悪かったわけではなくて、ただ夜更かししてしまっただけなので心配しないでくださいね」

火事の後一年くらい、レーアは魘《うな》されて起きるということを繰り返し、寝不足の日々が続いていた。それを知っているから、イエンナは過保護と思えるくらい心配してくれるのだ。

元気であることを証明したくて、レーアは朝食をきちんと完食し、イエンナやセニヤと談笑しながら食後のお茶をいただいた。

昨夜は、遅くまでずっとシーグのことを考えていてろくに眠れなかったが、決して寝覚めの悪い朝ではなかった。むしろ、気力は満ちている。

彼の怪我の具合はまだ心配だけれど、庭師という仕事柄、怪我は付き物なのか、本人はたいして気にしていなかった。彼がそう判断しているのならきっと大丈夫なのだろう。その点は少しほっとしていた。

「それでは、少しだけ休みますね」

寝不足の時は軽く頭痛がしてしまうので、それが治まるまで横になろうと思い、後片付けを始めたイエンナたちに声をかけてからレーアは自室に戻った。

見慣れた部屋なのに、昨日ここでシーグに口づけをされたことを思い出すと、身体中の血が一気に頬に集まったかのように顔が熱くなる。

恥ずかしくて堪らなくなり、気持ちを落ち着かせるために敢えてゆっくりとベッドに横になった。頬を両手で押さえ、ぎゅっと目を瞑る。

瞼の裏に浮かぶのは、シーグの笑顔だ。

無口なシーグが、昨日はたくさん話してくれた。それだけでも嬉しいのに、まさか彼がレーアの恩人だったとは……。

こんな偶然があるだろうか。運命的なものを感じてしまっても仕方がないと思う。

いつもの無表情のシーグも良いけれど、笑顔はさらに良かった。手も指が長くて綺麗だし、声も低過ぎず落ち着いていて心地良い。金髪は少し癖《くせ》があって可愛くて、細身なのに筋肉がしっかりとついている身体は男らしくてドキドキする。

「唇があんなに柔らかいなんて……」

身体は硬いのに触れた唇は柔らかかった。それが意外な気がして、つい声に出してしまう。

すると突然、ノックの音が聞こえてきた。まさか聞こえてしまったのだろうかと、レーアは慌てて飛び起きる。

上擦《うわず》った声で入るように促し、ドアが開くのをハラハラしながら見つめた。

「レーア様、お休みのところ申し訳ございません」

そう言って顔を覗かせたのは、眉を寄せたイエンナだった。その表情を見る限り、レーアの独り言は聞こえていなかったようで安心する。

「旦那様がお呼びです」

続けられた言葉に、レーアは首を傾げた。

「すぐに行きます」

父がわざわざレーアを呼ぶなんて今までなかったことなので、何かあったのかもしれないと少しだけ不安が過《よぎ》る。

「旦那様はお部屋でお待ちだそうですけれど……私も一緒に参りましょうか？」

心配で堪らないという顔をしてイエンナが申し出てくれたが、レーアは首を横に振る。

「大丈夫です。戻ってきたらセニヤの焼き菓子が食べたいので、そう伝えてくれますか？」

「……はい」

渋々といった様子で了承してくれたが、イエンナは不安げだ。

父の部屋に行くということは、義母や妹とも顔を合わせる可能性がある。イエンナは、レーアが彼女たちにどういう扱いをされているのか知っているからこんな顔をするのだ。

心配してくれる人がいるのは、本当にありがたいし心強い。もし何か嫌なことを言われても、イエンナたちがいるから平気でいられる。だから、レーアはにっこりと微笑んで「いってきます」と言えた。

離れの建物から出ると、外はからりとした快晴だった。こういう天気の日は、植物が生き生きしているのでレーアも晴れやかな気分になる。

ドキドキしながら周りを見渡してみるが、この時間、いつも庭で作業をしているラッシとシーグの姿が見当たらなかった。

そういえば、今日は庭師は休日だ。シーグに会えないと思うと少しだけがっかりしたが、誰にでも身体を休める日は必要だ。今日はしっかり休んでほしい。

火事の後に建て替えてから数回しか足を踏み入れたことのない母屋の中は、レーアが住んでいた頃とは打って変わって派手な内装になっていた。

きっと義母の趣味なのだろう。調度品はよほどお金をかけているのか、複雑な細工が施された高価なものばかりで、全体的に深紅と金色を基調とした色合いでまとめられている。

以前は白と茶で落ち着いた雰囲気だったのだが、随分と様変わりしたものだ。この内装を見ると、おとなしい色合いが好きな父の意見はあまり取り入れられていないのが分かる。

ちらりとリビングも見てみたが、母のお気に入りだった花瓶や絵画はどこにも見当たらなかった。焼けてしまったものもあるだろうが、無事に残ったものも処分してしまったのかもしれない。

「あ……」

小さな声が聞こえて廊下の先を見ると、レーアから不自然に視線を逸らすカイヤの姿があった。

レーアも一方的に彼女の話を聞いてしまった立場なので、なんだか気まずく思ってしまう。お互いにぎくしゃくと挨拶をしてすぐに離れる。

父の部屋は、屋敷の一番奥にある。そこにたどり着くまでに、数人の顔見知りの使用人に会ったが、みんな一様に同情の眼差しを向けてきた。自分の家であるはずなのに、追い出されるようにして離れに住まわされているレーアを憐れんでいるのだろう。

正直に言ってしまえば、ここに住むよりも離れにいるほうが自由で快適だと思っているのだが、彼らにとっては不憫《ふびん》な伯爵令嬢にしか見えないのかもしれない。

ノックをして父の部屋に入ると、父は机に向かって書類仕事をしている最中だった。

「お父さま、何か御用でしょうか」

父は、レーアの声にびくりと肩を揺らし、顔を上げた。机の前まで近づいたレーアを見上げる顔は、なぜか強張っている。

今日も、いや、今日は一段と父の顔色が良くないように見える。

いつもなら微笑んでくれるのに、とちらりと思ったが、それよりも父の顔色の悪さのほうが気になった。

「レーア……」

父に名を呼ばれて、レーアは微笑みを作って返事をする。

「はい」

「………」

レーアを見つめたまま、父は何かを躊躇うように、開いた口をすぐに閉じるという行為を何度か繰り返した。

「どうかされましたか？」

何か悪いことでも起きたのだろうか。父がこんなに言いよどむなんて、レーアに彼自身の再婚話をした時以来だ。

あれ以上の衝撃的な案件はないだろうとは思うものの、沈黙が続けば続くほど不安が募っていく。

長い沈黙の後、父は重々しく口を開いた。

「庭師見習いと親しげだと聞いたが、どういう関係だ？　お前は伯爵家の娘だと自覚しているのか？　その話が本当なら、庭師見習いは解雇しなければならない」

「え……？」

レーアは耳を疑った。

一瞬、先ほどのカイヤの様子を思い出し、まさか彼女が……と思う。

シーグのことが好きだと気づいたのは昨日のことだ。彼と親しげだと言われても、父に関係を問い詰められるほど親しくしていたわけではない……と思う。ただシーグがいつもレーアの手助けをしてくれていただけだ。

――昨日は、抱きしめられてキスもされたけれど……。

それを知っているのはレーアとシーグだけのはずである。

「誰がそんなことを言ったのですか？　シーグは、私だけでなく、困っている人の手助けをしてくれる親切な人です。そんな根も葉もない噂で、彼は職を失うのですか？」

自分でも驚くほど厳しい口調になってしまった。

シーグが自分のせいで職を失うなんて絶対に嫌だった。レーアを庇って怪我までしているのに、これ以上迷惑をかけたくない。

「いや、事実でないならそれでいいんだ」

父は慌てて手を振った。普段穏やかなレーアの、めずらしく責めるような視線に耐えられなくなったのだろう。

顔を引き締めた父は、こほんっと咳払いをした。

「それで本題だが……結婚が決まった」

予想外の言葉に、レーアは今度はきょとんとしてしまった。

「……え？」

いったい誰の結婚が決まったのだろうか。

「ストラシエン国のコンチャトーリ侯爵が、レーアを妻にしたいと言ってきている。レーアよりかなり年上だが、何年も前に前妻を病気で亡くして今は独り身らしい」

父は目を伏せ、レーアから視線を逸らしながら言った。

ストラシエン国は、レーアたちの暮らすデュマルク国の隣にある緑豊かな国だ。隣国に近い位置にあるこの領地からは、気が遠くなるほどの距離ではない。

けれど、他国だ。しかも侯爵という高い地位についている人が、レーアを妻にしたいと言うなんて、いったいどういうことだろう。

「でも、私、背中に傷痕が……」

突然の申し出に、レーアは頭が真っ白になった。シーグの顔がすぐに脳裏を過ったが、なんとか言葉にできたのはそれだけだった。

レーアの背中には、火事の時にできた醜《みにく》い傷痕がある。着替えを手伝ってくれるイエンナも、傷痕を見る度に僅かに表情を曇らせるほどのものだ。

「ああ。それでもいいと言ってくれているんだ」

「そんな……」

今までにも、レーアの結婚話が出たことはある。けれど、背中に大きな傷痕があると伝えると、その話はたちまち消えてしまうのだ。

「行ってくれるか?」

隣国の侯爵が傷物の娘をもらってくれる。それは、レーアの気持ちは別にして、家にとってはとても喜ばしい話だ。それなのに、どうして父はそんなつらそうな顔をしているのだろう。

「…………はい」

茫然《ぼんぜん》としながらも、レーアはそう答えていた。お荷物の身である自分にはそう言うより他に選択肢はなかった。

それから父は、侯爵はレーアに純潔を求めていないことや、ストラシエン国のことは嫁いでから勉強すればいいことなど、どれだけ好条件であるのか話した。けれどレーアは、上の空で聞いていたのでおぼろげにしか覚えていない。離れの自室に戻るまでの記憶もあまりなかった。

気がついた時には、レーアは自室のベッドにうつ伏せに寝ていた。イエンナとセニヤが心配して部屋を覗いてくれていたのは覚えている。だが、いつものように笑顔で『大丈夫』と言えなかった。何も言えず、一人部屋に籠もった。

自分が結婚するなんて、まったく現実味がない。

いつかは父の選んだ人と結婚するのだと教えられてきたが、背中に傷ができてからは、こんな醜い傷痕がある娘などもらってくれる人はいないだろうという思いがどこかにあった。現に、みんな断ってきていた。

それなのに、まさかそれでもいいと言う人が現れるとは……。しかも侯爵だ。

以前のレーアなら、もっとすんなりと受け入れたかもしれない。

けれど、シーグに恋をしていると自覚した翌日に結婚が決まるなんて……こんな悲運があるだろうか。

「お母さま……」

ベッド脇の棚から、スズランの刺繍が施されたヴェールを取り出す。

母が死に際まで守ろうとしていたヴェールだけれど、見るとあの時のことを思い出してしまうから、ずっと棚の中にしまってあった。

「私は、どうすればいいですか……？」

問いかけても答えが返ってくるはずもない。分かっていても、このぐちゃぐちゃな気持ちをどうにかしたくて、母に語りかけずにはいられなかった。

シーグが好きだと気づかなければ、こんなに悲しい気持ちにならなかっただろうか。

初めて誰かを好きになったレーアには、シーグとの未来をはっきりと思い描くことはできなかったが、漠然とずっと一緒にいられるものだと思っていた。

そんなはずはないのに。

そんなことは許されないのに。

レーアは伯爵家の人間だ。だから、自分本位なことはできない。

分かっていたはずなのに、弁えているはずなのに、きちんと理解していなかったのかもしれない。心の奥底では、想いは伝えられなくても、シーグと穏やかに暮らしていけると想像してしまっていた。

母が嫁ぐ時に父からこのヴェールをもらったように、レーアもこんな特別なものを贈られるのが夢だった。その夢を叶えてくれるのがシーグだったらいいのにと考えたりもした。

それが、今はどうだろう？　もしシーグからヴェールをもらっても、きっと喜べない。

現実は残酷だ。レーアの初恋は、一日で散ってしまったのだ。

「シーグ……」

愛しい人の名を呼んだが、胸が締めつけられるだけだった。

叶わない恋。

彼と結ばれることはないのだ。

自分が想うだけ、なんて決めておいて、もう絶対に結ばれることがないのだという現実を突きつけられて、こんなにもショックを受けている。

いつかは二人で幸せな家庭を……なんていう妄想めいた夢すら見られなくなってしまった。

その事実を受け止めきれず、レーアの瞳からはとめどなく涙が溢れた。

五章

エイナルはセーデシュテーン邸でヴィーと向かい合い、お茶を飲んでいた。

セーデシュテーン邸とは、デュマルク国にあるミカルの屋敷である。

ミカルが場末の酒場には行くなと口を酸っぱくして言うので、妥協案でミカルの屋敷に集合することになったのだ。

「やけに機嫌が良いじゃないか。何か良いことでもあったのか?」

エイナルはいつも無表情で何を考えているのか分からないと言われることが多いのに、ヴィーは容易くエイナルの感情の機微《きび》を読み取ってしまう。

この男のこういうところが、一緒にいて楽な理由なのかもしれない。

「ヴィーに言われた通りにしたら、レーアが泣きやんだ」

エイナルがそう言っただけで、ヴィーには何があったか想像できたらしい。彼はにやにやしながら頷いた。

「そうだろう。女に関しては俺の言うことを聞いていれば間違いはない。これで彼女はお前を意識せずにはいられなくなった」

得意げに胸を張るヴィーに、エイナルは「そうだな」と返す。

任務のため、エイナルはシーグという偽名を名乗り、庭師見習いになった。

今日は庭師見習いのシーグは出勤日ではないので、こうしてヴィーと一緒に昼間からお茶をしているのである。

シーグとしての潜入捜査は順調だ。

庭師の師匠であるラッシとは気が合うし、レーアの世話をしている使用人のイエンナやセニヤも焼き菓子やサンドイッチを差し入れてくれたりして、三人には良くしてもらっている。

特にラッシは、エイナルが作業の手を止めてレーアの手助けをするのを黙認してくれるうえに、こっそりと援護もしてくれる。とても良い人だ。そして何より……。

「レーアが僕を意識してくれるのはもちろん嬉しいけど、僕はレーアの傍にいられるだけで幸せだ」

この一言に尽きる。

こんなに毎日が幸せだと思えるのはレーアがいるからだ。〝これまでで一番幸せな日〟

が毎日更新され続けることがあるなんて、恐ろしさすら感じるくらいだ。

昨日は、あの屋敷で働くようになってから一番長くレーアと話せた。

火事の時のことは、彼女の大事な母親を助けられなかった負い目もあり、打ち明けるつもりはなかったが、レーアにあんな必死な目で見つめられてしまったら誤魔化すことなどできなかった。

エイナルは、レーアのあの澄んだ瞳に弱かった。吸い込まれそうなほどに清らかでとても綺麗な黒い瞳。

あの目でまっすぐに見つめられると、自分の中の何もかもを晒してしまいたくなる。

エイナルはレーアには嘘をつけないのだと、昨日改めて実感した。だから、彼女からエイナルの正体に関する質問がこないことを祈る。問われたらきっと、自分の任務のことから何から何まで話してしまうだろうから。

エイナルは、火事の時の彼女の涙が忘れられないでいた。

自分だってあんなにひどい怪我をしていたというのに、母親を助けてと言って涙を流した少女。エイナルはその光景に衝撃を覚えた。

エイナルは伯爵家の次男として何不自由なく育ったが、家族以外には存在を気づいてもらえないことも多かった。夜会などでは、人垣を作る兄や妹とは対照的に、いつも一人取り残されていた。

ある日、兄の取り巻きの貴族たちに狩りに連れて行かれ、獰猛《どうもう》な野犬と遭遇したことがあった。慌てて逃げる彼らに押しのけられ転んでしまったが、皆、エイナルのことなど目に入っていないかのように逃げ去った。その時、エイナルが感じたのは虚しさだ。

そういうことが何度も続いた結果、自分一人で何でも対処できるようになった。それが今の仕事に繋がっているので、悪いことばかりでもないが、心の底では、あの時取り残された自分に声をかけてくれる存在をずっと探していたのだと思う。

あの火事の時、エイナルは、レーアにあれほど慕《した》われている彼女の母親を心から羨《うらや》ましく思った。そして、自分もレーアにとってそんな存在になりたいと、彼女に自分の存在を知ってもらいたいと切望した。

それ以来、エイナルの頭は彼女でいっぱいになってしまった。

だから、ニーグレーン伯爵家に潜入する必要性が出てきた時、エイナルは真っ先に手を挙げた。絶対に自分が行くとヴィーに迫ったのだ。

それから庭師見習いとしてレーアと接するようになり、彼女の純粋さと分け隔てのない優しさを知り、ますます心惹かれた。

レーアは使用人たちにも優しく、義母たちにどれだけ冷遇されても相手を悪く言うことはなかった。彼女は自分よりも他人を優先してしまいがちなのかもしれない。エイナルは、それを少しもどかしく感じていた。

もしかしたら、レーアが口づけを受け入れてくれたのは、エイナルを可哀想に思ってのことなのかもしれない。

……いや、エイナルは他の者たちよりきっと彼女の心に入り込んでいるに違いない。これまで彼女を陰から見ていたから分かる。あんな表情は他の誰にも見せていなかった。

「お前は仕事では優秀なのに、色恋沙汰に関しては赤子同然だよな」

ヴィーにしみじみと言われてしまった。

「興味がなかったから仕方ない」

周りの男たちはこれまでも、どこそこの女性が綺麗だとか、あの家の令嬢は口説けばすぐに落ちるだとか、パン屋で働いているお気に入りの娘が突然辞めてしまったとか、よくそんなに話題があるなと感心するほど女性の話で盛り上がっていた。

なぜあんなに楽しそうなのかと疑問に思っていたが、レーアに出逢って、好きな人の話をしたい気持ちはなんとなく分かってきている。

「そんなエイナルに、良いことを教えてやろう」

ヴィーがちょいちょいと指を曲げて身を乗り出してきたので、エイナルは彼に耳を寄せる。

「いいか……。男女の関係というのはな、キスをして抵抗されなかったらそのまま押し倒すというのが礼儀なんだ」

重要な任務の話をする時のような声で言うので、エイナルも真面目な表情で頷いた。

「俺の経験上、女性はちょっと強引なほうが喜ぶ。もちろん、本気で嫌がっていると感じたらすぐに引くこと。相手の気持ちが一番大事だ。だけどな、たまに気持ちとは裏腹なことを口に出してしまう女性もいる。そこの見極めが肝心なんだ」

「……難しいな」

「それはそうと、お前、性行為の仕方は知っているのか？」

ふと胡乱《うろん》な視線を向けられ、エイナルは眉を寄せる。

「当たり前だ。指南書はきちんと全部読んだ」

「指南書か……。うん、まあ、いいか。で、誰の？」

「アネッテがミカルと結婚する時に、もういらないからと置いていった」

「…………お前の妹、もしかして子どもの頃からミカルの貞操を狙っていたのか……？」

ヴィーがぶるりと身震いするのを見て、言われてみれば確かに、と思った。

妹のアネッテは物心ついた時からすでにミカルのことが好きだった。よく家に遊びに来ていた彼に好きだ好きだと言い続け、ミカルに寄ってくる女性を追い払っていたのを覚えている。

その熱意でミカルや彼の両親を圧倒し、妻の座を見事に射止めた猛者《もさ》なのだ。

アネッテがいたせいで、ミカルは他の女性に目を向けることも許されず、幼い時から未来を決められてしまっていたことになる。少し気の毒だ。

「アネッテは猪突猛進《ちょとつもうしん》過ぎてたまに怖いと思うんだが……」

本音が出てしまった。

けれど、妹の名誉のために言っておくが、アネッテはミカルに見合う女性になるために努力をし続けてきた。ミカルの仕事を理解しようと勉強したり、美しさを磨くために美容に良いと言われているものはなんでも試していた。

そうやって努力を積み重ねてから、ミカルの妻となったのである。その部分は自分も見習わなければいけないと思い、エイナルもレーアに関することはどんな小さなことでも調べ上げ、彼女の望むことをすべて叶えてあげようと動いている。

そして、噂をすればなんとやらだ。エイナルたちがいる応接室のドアが勢いよく開かれ、アネッテが入ってきた。

「ヴィー、エイナル兄さま、いらっしゃい」

ミカルの屋敷ということは、当然妻のアネッテもいるのである。主であるミカルは仕事からまだ戻ってきていないが、ここにいる誰もそれは気にしていない。彼はいつも忙しいからだ。

「久しぶりだな、アネッテ。また一段と美しくなったんじゃないか？」

ヴィーが褒め称えると、アネッテは優雅に微笑んでみせた。

「あら、さすがヴィーだわ。ついさっきまでマッサージをしてもらっていたの。お肌がつるつるになったわ」

満足そうに頬を触っているアネッテを見ても、普段との違いはいまいち分からない。

エイナルとは違い、アネッテは道を歩いていると誰もが振り返る派手な美人である。

一番上の兄もアネッテと同じく派手な美しさを持っていて、兄と妹がそんなふうだから、地味なエイナルは常に周りの貴族たちに彼らと比べられ、揶揄《やゆ》されていた。

上と下はあんなにも優美なのに、真ん中は普通。それがエイナルに対する世間の評価である。

家族はそんな陰口を笑い飛ばし、エイナルのことをとても可愛がってくれて、過保護とも言えるくらい守ってくれたが、エイナル自身はそれが鬱陶《うっとう》しい時期もあった。

家族はみんなお喋りで、エイナルが話さなくても察してくれた。エイナルが望むことも先回りして叶えてくれた。

けれどエイナルは、彼らが自分に構えば構うほど、自分は何もできない人間なのだと思ってしまうようにもなっていた。エイナルに取り柄がないから、それを慰めるように構ってくれるのだと、心が重くなったのだ。

自分が寡黙なのは、家族がそんなふうに先回りして答えを言ってしまうからだと思っていたが、こういう心の闇も原因の一つだったのかもしれない。

成長するにつれエイナルは、自分にできることはないだろうか、自分だからこそできることを見つけたい、と考えるようになっていった。

身体を鍛え、体術も剣術も身につけた。けれどそれだけでは兄の真似をしているだけだったので、剣以外の武器も操れるように鍛錬した。

政治や国際情勢の勉強もしたけれど、妹の知識には敵わなかった。だから、使用人たちの普段着と同じものを着て街に繰り出し、貴族以外の人々の話を聞いて回った。

そうして『エイナルらしさ』を模索している時期にヴィーに会い、自分を有効活用できる仕事に就けた。

目立つ兄妹のおかげで、地味なエイナルは貴族たちにあまり顔を覚えられず、今の仕事が円滑にできているのだから感謝しなければならないとまで思えるようになったのだ。

そして、レーアに出逢って夢中になれるものを見つけた。今までは言われるがまま、何事も機械的に動いていたのに、今では自らの意志で率先して仕事に精を出すようになった。

レーアは今まで周りにいなかった部類の女性だ。自分より他人を優先してしまう優しくて健気で、とても強い人だ。

人間は、追い込まれた時にこそ本性が出るものだ。これまでエイナルは、仕事柄汚い人間をたくさん見てきた。出世のために平気で人を蹴落としたり、他人に責任を押しつけて自分だけ助かろうとしたり、家族を捨て、有り金をすべて持ち出して一人で逃げたりした者もいた。

そんなことが日常茶飯事《さはんじ》だった。

だからこそ、前向きで一生懸命な彼女に惹かれた。彼女は自分を守る嘘をつかない。見返りを求めず、誰に対しても誠実に接する。人はもちろん、植物にも思いやりを忘れない美しい心を持った女性だ。

人間の汚い部分を目にする度に、レーアのことを思い出して心を落ち着かせた。この世には彼女のような綺麗な存在も確かにいるのだと思うと、荒《すさ》みそうになる心を平穏に保てる。

レーアのような人々を守るために自分は日々働いているのだと。

自分の存在価値を確認するためだけではなく、人々を守るために動く。そう思えるようになったのは、レーアのおかげだ。

「それで、今日はどうしたの？　とうとうエイナル兄さまの恋が成就した話？」

さすが妹だ。エイナルの上機嫌が分かるらしい。

エイナルはお茶を飲んでから、その通りだと頷いた。

「レーアとの関係は着実に進展している。彼女との将来のこともしっかり考えているし準備もしている。何も問題ない」

「キスしたんだと」

すかさずヴィーが付け足すと、アネッテは大きく目を見開いた。

「まあ本当？　あと二十年はかかると思っていたのに、それは喜ばしいことじゃないの！」

言いながら、アネッテはエイナルの隣の椅子に座って顔を覗き込んできた。

「でも、キスをしたらすかさず押し倒さないとダメよ。私もそうやってミカルの心と身体を射止めたんだから」

ぐっと拳を握って力説するアネッテに、エイナルは何も言えなくなった。

親友が妹に押し倒されて心と身体を射止められた事実は知りたくなかったし、彼の沽券《こけん》に関わるので口外してはいけないと思った。

「そうそう。俺も今そう言ったんだ。相手が嫌がっていなければ押し倒す。それが常識なんだ。肝に銘じておけよ」

ヴィーも、ぐっと拳を握ってウインクをする。

この二人は似た者同士なのか、やけに気が合うようなのだ。悪友と言っても過言ではない。なにせ、二人揃うとあの有能なミカルが苦戦するのだ。

そんなくせ者の二人だが、自分よりも恋愛に関して知識が豊富であるのは間違いない。

彼らがそう言うのならそうするべきなのだろう。

ただ、レーアが嫌がらなければ、押し倒すのではなくもっと口づけをしたいとエイナルは思うのだが。

レーアの唇は柔らかかった。もっと触れていたいと思うほど甘美なものだった。身体も柔らかかった。細くて、しなやかで、ずっと腕の中に閉じ込めておきたいと思うほど心地良い感触だった。

放したくなくて、レーアの存在を常に感じていたくて、もっともっと深く繋がりたくて……。

ああ、そうか。だからすべてが欲しいと思うのか。

彼らの言葉が、すとんと腑《ふ》に落ちた。

心を満たすためには、身体も隙間《すきま》なく繋がる必要があるのかもしれない。もっともっとと思うのは、きっとそういう欲求からくるものだ。

「お前、本当に大丈夫か？　未経験のお前に、俺が男女の営みを指南してやろう」

ヴィーは教えることが好きなのだな、とエイナルはぼんやりと思った。

前のめりになるほど乗り気なわけではないが、知っておいても損はないだろうと、彼の言葉に耳を傾ける。

「まず第一に、焦りは禁物だ。相手をとことん気持ち良くすることを優先するべし。それを詳しく説明するとだな……」

一応アネッテが女性だから気遣っているのか、ヴィーは内緒話をするようにエイナルの耳元でぼそぼそと詳細を説明してくれた。

エイナルはふむふむとそれを頭の中で反芻する。指南書で知ってはいたが、ヴィーの話はもっと具体的だった。

これでレーアを傷つけずに済むと思うと、とてもありがたい。

「エイナル兄さまにヴィーみたいな友人がいて良かったわ。ミカルとエイナル兄さまは堅物同士過ぎてこんな話できないものね」

ちゃっかりと盗み聞きしていたアネッテが、にこにこと嬉しそうに笑った。

エイナルのほうが年上のはずなのに、アネッテはたまに姉のような顔をする。これも経験値の差なのだろうか。

堅物と言われたのは心外だが、確かにミカルとはこんな開けっぴろげな話はできないし、したこともない。しようとも思わないが。

「ヴィーは無駄に女好きなわけじゃなかったんだな……」

「エイナルはいるか!?」

ヴィーに感謝を伝えようとしていたエイナルだが、慌てたように部屋に入ってきたミカルの声に遮られた。

はあはあと荒い息を繰り返すミカルは、眉間に深いしわを刻んでいた。何があったのだろうか。

「どうした、ミカル。そんなに慌てて」

ヴィーが怪訝な顔をして訊くと、ミカルは深刻そうな様子で口を開いた。

「レーア嬢が結婚することになったという情報が入りました」

「は……？」

レーアが結婚？

縁談の話は今までもあったが、エイナルがすべて潰してきたはずだ。それなのにミカルがこんなに慌てているということは、急遽縁談がまとまってしまったということか。

エイナルだけでなく、ヴィーもレーアの周囲には目を光らせてくれていたはずなのに、なぜそんな事態になったのか。

「相手は、ストラシエン国のコンチャトーリ侯爵です」

続けられた言葉に、エイナルとヴィーは顔を見合わせる。

「コンチャトーリ侯爵って……」

「まさか……」

エイナルたちの呟きに、ミカルは小さくため息を吐いた。

「ええ。まさに、我々の目的である、疑惑の侯爵です」

コンチャトーリというのは、隣国ストラシエン国で大きな力を持つとされている侯爵で、実は陰で犯罪に手を染めているのではないかという疑いが持たれている。

話の内容的に自分がいてはいけないと思ったのか、アネッテは静かに部屋を出て行った。

それを視線だけでミカルが見送る。

「隣国の侯爵に娘を嫁がせるなんて、そんなコネがレーアの父親にあるのか？」

ヴィーが眉間にしわを寄せ、唸《うな》りながら言う。

レーアの父親であるニーグレーン伯爵は、貴族の間でもお人好しとして知られている人物であり、強欲な他の貴族とは違い、積極的に権力者と繋がりたがる性格でもない。自国の侯爵ならまだしも、他国の貴族と知り合いだとはとても思えなかった。

レーアの美しさが他国にも知れ渡っていて、興味を持った侯爵が結婚を申し込んできたのならまだ分かるが、レーアに関しての情報は国内でもほとんど知られていないはずである。

ニーグレーン伯爵が控えめな貴族であることと、レーア自身も社交界にさほど興味がなかったことから、あまり貴族たちの印象に残っていないのだ。だから、突然そんな結婚話が浮上するのはおかしい。

「ヤルミラが仲介役だそうです」

ミカルの言葉に、エイナルは舌打ちをした。

ヤルミラは、レーアの母が亡くなった後にすぐ伯爵夫人の座に収まった女だ。その女のことを調べるため、エイナルはニーグレーン伯爵家に庭師見習いとして潜入しているのである。

レーアの義母ということになるが、あの女はレーアに母親らしいことなんて何一つしていない。やっているのは、伯爵家の財産で贅沢の限りを尽くすことと、レーアいびりだけだ。

「そのヤルミラは隣国の貴族だったというが、その証拠はちゃんとあるのか？　あの女が貴族だったなんて、レーア嬢の父親と結婚することになってから分かったことだろう？」

ヴィーはヤルミラが何か偽装工作をしたのではないかと今でも疑っていた。エイナルも疑わしいとは思っているが、隣国に証人が何人もいたのでニーグレーン伯爵との結婚が許されたと聞いている。

「それはちゃんと調べて裏をとりました。昔は確かに貴族でした」

ミカルがそう言い切るということは、わざわざ自分で調べ直したのだろう。彼が精査したのなら信用できる。

エイナルとヴィーが視線だけで先を促すと、ミカルは手に持っていた資料らしきものに目を落とした。

「ヤルミラはもともと貴族ではありましたが、彼女の父親の代で散々贅沢をしてあっという間に没落してしまったらしいです」

再調査でそんな事実が分かったということだ。以前の調査では、隣国の証人たちも自国の恥を晒したくないとわざと言わなかったのか、他に理由があるのか……。

「容易く想像できるな」

ヴィーは鼻で笑う。エイナルもヤルミラの金遣いの荒さを知っているので、その過去にはまったく驚きはなかった。

ミカルは目を細め、ぽんぽんと資料を叩く。

「ここからが新事実なんですが、どういうわけか、ヤルミラの援助をしていたのがコンチャトーリ侯爵だったそうなんです」

それを聞いたエイナルは、眉を上げてヴィーとミカルを順番に見た。

「繋がったな」

エイナルが言うと、二人は真剣な顔で頷いた。

「エイナル、最近のヤルミラの動きはどうだ？」

ヴィーに問われ、エイナルは考えながら答える。

「表立った動きは特になかった。外出もニーグレーン伯爵と一緒のことが多いから、遊び回っているだけだろう。外で誰かと接触している様子もなかった。怪しい人間が訪ねてきたりもしていない」

「そうか。伯爵夫人になったから、もう犯罪に手を染める必要がなくなったのか。それとも、仲介役に誰かを雇ったのか……」

顎に手を当てながらヴィーは唸る。するとミカルが書類に何か書き込み始めた。

「それはこっちで調べましょう。ですが、ここ数年は不自然な行方不明者が多数出たという話はないですからね。こうして調査をしていると勘づいて、あちらも警戒して慎重にならざるを得なくなっているのかもしれません」

そうかもしれない。小狡《こずる》い悪人ほどそういうことに鼻が利くのである。

きっとしばらくおとなしくして、ほとぼりが冷めた頃に再開するのだ。そういう犯罪者を何人も見てきた。

「ヤルミラが酒場で働いていた二年前までは、月に一度くらいのペースで身寄りのない若い女性がいなくなっていたんだ。ヤルミラの母国であるストラシエン国に連れて行かれたという情報は確かだからな。二人に接点があったということは、コンチャトーリ侯爵が手引きしている可能性が高くなったな……」

ヴィーは眉間にしわを寄せ、エイナルに視線を移して続けた。

「レーア嬢をそんな男のところに嫁がせるわけにはいかないな」

「ああ。絶対にそんなことはさせない」

ヴィーの言葉に、エイナルは力強く頷く。

そもそもレーアを他の男に嫁がせるなんてありえない。権力者が相手だろうと関係ない。

この世には彼女以上に清らかな人はいないとエイナルは本気で思っている。だからこそ、自分で汚すわけにもいかないと葛藤し、火事以降二年間も見守ることに徹していたのだ。

「それと、ヤルミラはレーア嬢の母親が亡くなってからずっと、レーア嬢のことをコンチャトーリ侯爵に嫁がせようと言っていたようです。レーア嬢の父親が承諾しなかったそうですが……」

ミカルの報告は続いていた。それを聞いたエイナルはさもありなんと思ったが、同時に疑問も浮かぶ。

「それならどうして今になって……」

二年間も拒否していたのに、今になって承諾した理由は何なのか。

ニーグレーン伯爵はヤルミラの言いなりの最低な父親だが、娘のことは気にかけているふしはある。彼にレーアを嫁がせたくない気持ちがあったから、今まで浮上した縁談もエイナルの画策で簡単に潰せたのだ。そうでなければ、もっと難航していただろう。

「ヤルミラとその娘の金遣いが荒いのは有名だからな。自家を没落させただけでは飽き足らず、伯爵の財産をも食いつぶしそうになっているんだろう。コンチャトーリ侯爵にレーア嬢を売ってしまえば、邪魔者はいなくなり、大金も手に入る。だからニーグレーン伯爵を必死に説得して、やっと了承を得たんだろう」

他に理由が思いつかない、とヴィーは苦い顔で言った。

レーアを大金と引き換えにするほど、伯爵家は困窮しているということか。伯爵家の財政は把握しているつもりだったが、やりたい放題のヤルミラ母娘のせいで金策が追いつかず、急激に傾いてしまったのだろう。

ニーグレーン伯爵は、ヤルミラ母娘とレーアを天秤にかけ、ヤルミラ母娘を選んだということだ。レーアは捨てられたも同然である。

「許せない……」

エイナルは拳を握り締めた。今すぐにでもニーグレーン伯爵のもとへ行き、胸ぐらを掴んで殴ってやりたい。あいつにレーアの父親である資格はまったくない。レーアを捨てるというなら、もう遠慮などしない。自分がもらう。

「ああ。俺もそういう人間は反吐《へど》が出るほど嫌いだ」

吐き捨てるように言ったヴィーは、ミカルが持っていた資料を奪い取った。それに視線を落としながら足を組む。

「内偵はどこまで進んでいるんだ？　敵の内部に潜入しているグレンから他に報告は？」

問われ、ミカルは首を横に振った。

「これ以上の報告はまだ上がっていません」

「そうか。まあ、グレンのことだから確実に何か掴むだろう」

上司のその言葉に、エイナルとミカルは期待を込めて大きく頷いた。

六章

今朝、侯爵との結婚を言い渡されてから、レーアは部屋から出ることなく一日中ベッドの上で泣いていた。

食事をとらずに部屋に籠もるレーアを心配したイエンナやセニヤが何度か様子を見に来てくれたのに、落ち着くまで一人にしてほしいとお願いして追い出してしまった。

夕方くらいになると、泣き過ぎたせいか頭がぼんやりとしてきてふと意識がなくなった。

はっと目を覚ました時には窓の外はすっかり暗くなっていた。

月明かりの眩しい夜だったので、ベッド脇の棚の上に果物が置かれてあるのも見えた。きっとイエンナかセニヤが持ってきてくれたのだろう。美味しそうな甘い匂いを漂わせているが、レーアにはまったく食欲がなかった。

何をするでもなくぼんやりとそれを見ていたら、カタンと背後で音がした。身体を動かすのも億劫《おっくう》で、レーアは緩慢な動きで振り返る。

大きな黒い影が窓を覆っていた。

「え……？」

驚きつつも目を凝らしてよく見ると、それは人間の形をしていた。窓枠に足を掛け、誰かが部屋に入って来ようとしているのだ。

怖いと思うより先に口が動いた。

「シーグ……？」

願望だったのかもしれない。彼が来てくれたら……という思いが口をついて出てしまった。

「はい」

影が答えた。それは、レーアがよく知っている優しい声だった。

「シーグ……！」

今度は確信を持って呼んだ。すると影は窓枠から部屋に下り立ち、こちらに身体を向ける。

逆光になってはいるが、月明かりで顔が見えた。だが、その綺麗な青い瞳はレーアを見てすっと細まる。

「泣いていたのですか？」

痛ましげな声に、レーアは慌てて自分の顔を両手で覆った。

泣き腫らした顔を見られてしまい、とても恥ずかしかった。きっと不細工になっているに違いない。

レーアは指の隙間からシーグの様子を窺う。

幻滅しなかっただろうか。呆れていないだろうか。

嫌われてしまったらどうしようと不安になりながら、いつもと変わらない無表情のシーグを見てふと気づく。

シーグの服装がいつもと違っているのだ。洗いざらしの服ではなく、とても上等なジャケットを身につけている。

今日は庭師の仕事が休みだったので、どこかに出かけていたのだろうか。もしかして、大切な用事があったから上質なものを着ているのだろうか。

……それより、どうして今ここにいるのだろう。

疑問だらけのレーアに、シーグはゆっくりと近づいて来る。

「それは、火事の時にあなたが握っていたヴェールですね」

ベッドの脇で足を止めたシーグは、レーアの枕元にあったヴェールに視線を落とした。

レーアは母のヴェールを握ったまま眠っていたらしく、綺麗に畳んであったはずのそれは、ぐちゃりと形が崩れてしまっている。

慌ててしわを伸ばしながら、レーアは落ち込みそうになる気持ちを誤魔化すように口を開いた。

「これは、母が嫁ぐ時に父から贈られたヴェールです。母はこれをとても大切にしていて、最後の最後まで守ろうとしていました。ですが、火事から助けられた時はなぜか私が握っていたそうで……」

シーグに聞いてもらいたかった。これがどういう意味を持つものなのか知ってほしかった。

「私も、結婚する時はこういう贈り物を相手からもらうのが夢でした。そうすれば、幸せな結婚ができると信じていたんです」

何でもよかった。ただ、自分だけの特別なものが欲しかったのだ。

「でも……」

そこでぐっと言葉に詰まってしまった。けれど、これはきちんと伝えないといけない。

レーアは顔を上げてシーグを見て、声を絞り出すようにして告げる。

「私、隣国の侯爵に嫁ぐことが決まりました」

言葉にすると、これは本当に現実のことなのだと実感する。レーアは、シーグではなく他の男性と結婚するのだ。

シーグと決別しなければならない。そう思っただけで、胸が張り裂けそうになった。

「知っています。だからここへ来たのです」

思いがけない返しに、レーアは首を傾げた。

「……？」

今日は休みで屋敷にもいないようだったシーグが、どうしてレーアの結婚が決まったことを知っているのだろう。

どうして『だからここへ来た』のだろう。

彼の言葉の意味が理解できない。

シーグは、いまだベッドの上に座り込んだままのレーアの隣に腰かけて身体を寄せてきた。そして戸惑うレーアの手をとり、真摯な眼差しを向けてくる。

「僕の本当の名前は、エイナル・シーグフリード・ブレンドレルといいます」

「え……？」

当惑するレーアを落ち着かせるように、シーグはゆっくりとした口調でもう一度言う。

「エイナルです」

「エイナル……」

繰り返すレーアに、そうだと言うように大きく頷いた。

「事情があってシーグと名乗っていましたが、これからはエイナルと呼んでください」

シーグは、本当はエイナルという名前だった。それは分かったが、なぜ初めからそう名乗らなかったのか不思議に思う。彼の言う事情とはいったい何なのだろうか。

「あなたに訊きたいことがあります」

「……はい」

レーアが眉を寄せつつも短く返事をすると、エイナルは握った手に力を込めてきた。

「あなたの結婚相手は誰ですか？」

感情を押し殺したような低い声だった。初めて聞く鋭い声音にどきりとしながらも、レーアは昼間父から聞いた名前を告げる。

「ストラシエン国の、コンチャトーリ侯爵です」

それを聞いたエイナルは、すうっと大きく息を吸って目を閉じた。

「…………」

少しの沈黙の後、彼は吐息とともに小さな呟きを吐き出したが、レーアの耳には届かなかった。

どうしたのだろうと顔を覗き込むと、目を開けたエイナルが真剣な表情でじっとレーアを見つめてきた。

「僕は、あなたを誰にも渡したくない」

決意を込めた一言だった。

その一言は純粋に嬉しかった。好きな人にそんなことを言ってもらえるなんて、幸せ過ぎて胸がいっぱいになった。

けれど一方で、そんなことは無理だと囁《ささや》く冷静な自分がいる。

レーアがエイナルと身も心も結ばれることは無理だと分かっていた。レーアは伯爵家の人間だ。貴族として父の決めた相手に嫁ぐのは当然のこと。

しかも相手は隣国の侯爵である。力関係は言わずもがな。有力者との強固な繋がりがあるわけではない伯爵家が逆らえるような相手ではない。

レーアが侯爵に嫁ぐのは決定事項なのだ。

それでも……と思ってしまうのは、身勝手過ぎるだろうか。

この手を放さなければいけないのに、放したくないと思うのは、レーアに覚悟が足りないからだろうか。

大きくて温かいこの手を放したくない。ずっと繋いでいたい。

でもそれは無理なこと。してはいけないことなのだ。

エイナルの瞳を見つめ返しながら、レーアは葛藤していた。

今、この手を放せば、きっと心の傷は浅いはず。これ以上の期待を持ってしまえば、叶わなかった時に深い傷を負うだろう。だから、早く手を放すのだ。

エイナルはとても素敵な男性だから、きっとすぐに彼にお似合いの女性が現れるだろう。カイヤのように可愛らしい女性が彼にずっと寄り添うのだ。

そしてレーアは、見たこともない侯爵に嫁ぎ、隣国で一生を終える。侯爵が良い人ならば、幸せを感じることもあるだろう。

だから、大丈夫。

今なら、まだ間に合う。

……………そう思うのに。

どうしてこの手を放せないのか。

どうして瞳を逸らせないのだろう。

「エイナル……」

先ほど聞いたばかりの彼の本当の名を呼んでみた。すると彼は、少しだけ目を細めて嬉しそうに応えた。

「はい」

それを見て、レーアはくしゃりと顔を歪ませた。

——もう手遅れだ。

想いが溢れ出してしまって、目の前にいる愛おしい人を拒むことができない。

今は……今だけは、自分の想いを優先しても構わないだろうか。

明日からは、伯爵令嬢として心を律するから、今晩だけはエイナルのことを想う一人の人間になってもいいだろうか。結婚相手はレーアに純潔を求めていないという。それならば、この一夜だけ、これからの人生を前向きに生きるために思い出が欲しい。

——お父さま、ごめんなさい。今だけ、許してください。

レーアはぐっと唇を噛み締め、エイナルの手を放した。そして次の瞬間、勢いよく彼に抱き着いた。

「嬉しいです……！」

絶望からくるものとは違う涙が溢れてきた。

エイナルがレーアを誰にも渡したくないと思ってくれていて本当に嬉しくて、今、この瞬間、時が止まってしまえばいいのにと思った。

エイナルの温もりや、抱きしめてくれる腕の強さをずっと感じていたい。このまま離れたくない。

生まれて初めての淫らな欲求にも、レーアは戸惑うことはなかった。

きっとこれが本能というものなのだ。誰かを欲するというのは、こういうことなのだ。

「あなたが欲しい」

レーアの耳元で、エイナルが囁いた。

彼も同じことを考えていた。それがこんなに嬉しいなんて。

「はい。私も……」

エイナルが欲しい。今の正直な感情だ。

たとえ、この感情が伯爵令嬢としては間違っているとしても……。

今、この瞬間は、この人のことだけを想うことを許してほしい。

顔を上げると、潤《うる》んだ青い瞳が間近にあった。その瞳がぼやけるほどに近づき、唇に熱くて柔らかいものが触れる。

二度目の口づけだ。

今度はちゃんと感触を確かめることができた。

重なった部分から、じんわりと熱が広がっていく。幸福感に満たされていくようで、レーアはうっとりとその感触を味わった。

「……柔らかい」

少しだけ顔を離したエイナルが小さく呟く。

率直な感想が可愛くて、レーアはふふ……と笑ってしまった。

「もっと……」

子どもがお菓子をねだるように、エイナルはまたすぐに唇を重ねてきた。慌てて目を閉じると、今度は下唇を軽く食まれる。

ちゅ……ちゅ……と角度を変えて何度も食まれ、回数が増すにつれて唇がじんじんと痺れてきた。心地良い痺れだったが、同時に身体の中に熱が生まれ、レーアは身じろぎする。

すると、エイナルがぐぐっと体重をかけてきた。その重みに押されるようにベッドに倒れ込む。

エイナルの手が後頭部を支えてくれていたおかげで衝撃はなかったが、彼の重みでベッドに深々と沈み込む。

全身にしっかり筋肉がついているのか、細身なのになかなかの重量がある。それが意外な気がして、レーアは瞼を持ち上げた。その瞬間、エイナルの潤んだ青い瞳が視界に飛び込んでくる。

口づけをしながらも、エイナルはずっとレーアを見ていたらしく、視線が合うと彼は愛おしげに目を細めた。

今レーアを組み敷いているのはエイナルなのだ。当たり前のことなのに、そう確認しただけで無意識に入ってしまっていた力がふっと抜ける。

それによって唇が僅かに開くと、その隙間からエイナルの舌がするりと入ってきた。

「……っ……！」

初めての感触に、レーアは驚いて目を見開く。こういう口づけがあることは知っていたけれど、こんなに生々しくていやらしいものだとは思わなかった。

熱くぬめったものが侵入してきたことで、舌が怯《おび》えたように奥に引っ込んでしまうが、その先端をちろちろと舐《な》められた。

最初は遠慮がちにレーアの舌を舐めていたそれは、次第に奥へ奥へと入ってきてすべてを絡めとろうとする。

「ん……んん……」

　体重をかけてベッドに押さえつけられ、貪るように舌を吸われる。舌の表面同士が擦り合わされると、ぞわぞわとした何かが背筋を駆け抜けた。

　今まで感じたことのない熱が、身体の中心部から全身へと巡っていく。その熱をどうしたらいいのか分からず、レーアはぎゅっとエイナルの服を掴んだ。

　エイナルに触れている部分がすべて熱い。

　熱のせいで頭がぼんやりとしてきて、口腔を動き回る舌から与えられる刺激を受け止めることしかできなかった。

「……ふ……ぅ……」

　重なった唇の隙間から吐息が漏れる。

　レーアは無意識のうちに、何度もベッドを蹴っていたようだ。そのせいか、ドレスの裾が太もものあたりまで捲り上がっている。エイナルの手が素足に触れて初めてそのことに気がついた。

「……あ……」

　触れた手が、するすると太ももを撫でる。

　くすぐったくて肩を竦めると、口腔を余すところなく這いまわっていた舌がゆっくりと引き抜かれた。

離れてしまったことを少し残念に思いながらエイナルを見上げる。すると彼は苦しげに眉を寄せた。

「もし嫌だったら……言ってほしい」

嫌なわけがない。エイナルはレーアの首筋に顔を埋めた。

言いながら、レーアはエイナルのすべてを受け入れるつもりだ。

先ほどまでレーアの口の中にあった舌が、今度は首筋をちろちろと舐め始める。くすぐったいのに甘い痺れも感じて、レーアはきつく目を閉じた。

首筋から耳の裏まで舐め上げられ、そのまま耳たぶを口に含まれて甘噛みされる。吐息が耳にかかり、背筋がぞくりと震えた。

すぐに、耳の輪郭をなぞるように舌先が動いた。まるですべてを舐めつくそうとするかのように、外側だけでなく内側にもにゅるにゅると這いまわるような感触がする。

耳穴に舌が差し込まれると、水音が直接頭に響いていくように感じ、レーアは恥ずかしくなって逃げるように顔を横に向けた。

すると今度は、鎖骨の窪《くぼ》んだ部分に舌が這わされる。

「……あ……んん……」

吐息とともに声が漏れてしまった。それが聞こえたのか、舌の動きがより激しくなる。

同時にエイナルの手がレーアの胸に触れた。ドレスの上から優しく揉《も》まれ、レーアはじんわりとしたその刺激に息を詰める。

しばらくの間、エイナルはその柔らかな感触を楽しむように触っていたが、ふいにドレスの肩口にするりと下ろし、下着の中に手を差し入れてきた。

「……あっ……」

直接肌に触れられ、レーアは小さく声を上げた。

エイナルの大きな手が、胸を覆うようにして触れてくる。そっと揉みながら、手のひらの中心を軽く揺り動かした。

「すごく柔らかいのに、ここだけ硬くなるんだ……」

胸の突起がエイナルの手に当たっているのだろう。それを押し潰すように彼の手に力が入る。

「……や……っ……」

突起を刺激され仰け反った。するとエイナルは、手のひらではなく指先で突起を擦ってくる。

「……あぁ……」

ぴりぴりとした刺激で僅かに腰が浮く。

「気持ちいい？」

率直な問いに、レーアは素直に頷く。

どうしていいのか分からなくて戸惑ってはいるが、きっとこれが気持ちいいという感覚なのだ。

「そう……」

エイナルは嬉しそうに微笑むと、下着をずらして露出させた胸をしばらく見つめてから、指で摘まんでいた突起に顔を寄せ、突然口に含んだ。

「あっ……！」

ぬるりとした舌が絡められ、脳天を突き抜けるような強烈な刺激に、つい驚きの声が出た。

腰の力が抜けてしまったのに、その未知の刺激から逃れたくてわたわたと慌ててしまう。

「……まっ……て……んん……！」

待ってと言っているのに、エイナルは先端を擦るようにぺろぺろと舐め、ちゅうっときつく吸った。それに加え、反対の胸の突起も指でぐりぐりと押し潰してくる。

両方の胸に与えられる甘美な刺激で、レーアの頭は真っ白になった。何も考えられず、ただ甘い声を漏らすことしかできない。

どれだけの時間そうやって翻弄されただろうか。

気づいた時には、レーアは着ていたドレスと下着を脱がされていた。動きやすい簡素なものではあったが、その手際の良さに驚いてしまう。

エイナルは一旦レーアから身体を離すと、身を起こし、自分の上着もシャツも乱暴に脱ぎ去った。そしてベルトに手をかけ、もどかしそうにそれを外そうとしている。

差し込む月明かりがエイナルの身体を映し出す。その鍛えられた肉体の美しさに、レーアは息を呑んだ。

引き締まった身体は均整がとれていて、まるで彫像のようだ。だが、こんなに綺麗であるからこそ、腕にできた新しい傷と火傷の痕がより一層痛々しく見えて、ついそこに手を伸ばしてしまう。

「…………」

どちらも、レーアを助けたせいで負ってしまったものだ。申し訳なさと感謝の気持ちが入り混じって言葉が出ない。

「……大丈夫」

エイナルはレーアを安心させるように伸ばした手を優しく握ってくれた。そして再びレーアに覆いかぶさると、ぎゅっときつく抱きしめてくれる。

少しひんやりとした人肌の感触がとても心地良く、レーアはほうっと息を吐いた。けれど、エイナルの手がレーアの背中に回っていることに気づき、慌てて彼の胸を押し返した。

「あの、私、背中に傷痕が……」

醜いと言われても仕方がない大きい傷痕だ。好きな人だからこそ、見られたくない。

しかしエイナルは僅かに眉を寄せ、レーアの頬に手を当てて言った。

「傷痕を見せてほしい」

「でも……」

レーアには頷く勇気がなかった。

鏡越しに自分で見ても目を背けたくなるくらいなのだ。そんなものをエイナルに見せたくはない。

「お願いだ。僕はあなたのすべてが見たい。すべてを知りたい」

エイナルは真剣な顔で懇願《こんがん》してくる。

見せたくはない。けれど、この懇願を拒否するような強い意志もなかった。

レーアが目線だけで頷くと、エイナルは目を細めて微笑み、ゆっくりとレーアの身体を横向きにした。

「…………！」

醜い部分を見られていると思うと、身体が勝手に縮こまる。

エイナルには綺麗な身体を見てもらいたかった。

そう思うのに、当のエイナルは気にする様子もなく傷痕を丁寧になぞり、そっと口づけを落としてくる。

「この傷痕は、あなたがあなたである証だ。誇るべきものだ」

「……誇るべきもの？」

「この傷は、あなたが母君を助けようとしたためにできた傷。あなたの心の在り様そのものだ」

確かに、今でもあの時母を庇ったことは後悔していない。母の身体に傷がつくより、自分に傷痕が残るほうが我慢できた。

母は綺麗な身体で逝った。それだけは本当に良かったと思っている。エイナルは、そんなレーアの気持ちを分かってくれているのだろうか。

「綺麗だ……」

熱を帯びた声で囁きながら、エイナルはチュッチュッと音を立てて傷痕全体に口づけた。

エイナルが口づけてくれる度、そこが治っていくような気がする。もちろん傷痕が消えることはないが、次第に気にならなくなり、彼が言うように、誇らしいものにも思えてきた。

「僕はあなたに嘘はつかない。約束する」

「え……？」

突然何を言い出すのかと、レーアはきょとんとしてしまう。

「あなたは綺麗だ。誰が何と言おうと、僕にとってはこの世で一番美しい」

嘘はつかないという約束をしたうえで、嬉しい言葉をくれた。エイナルがそう言ってくれるなら、自分が綺麗な存在になれたように思える。

この世にレーアより綺麗な人は数えきれないほどいる。けれど、レーアにとってエイナルが一番輝いて見えているのと同じように、エイナルにとってもレーアは輝いて見えているのかもしれない。

特別な存在とは、きっとそういうものなのだ。

レーアは滲んだ涙を指で拭うと、振り向いてエイナルを見つめた。

「ありがとうございます」

出逢ってくれたこと、助けてくれたこと、美しいと言ってくれたこと、そしてこうして愛しい気持ちをくれたことすべてに対する感謝だ。

エイナルは微笑むと、レーアの身体をそっと仰向けに戻し、顔を近づけてきた。

こうしてレーアのことを見下ろしてくるエイナルは、〝男の顔〟と言えばいいのだろうか、普段とは違う官能的な表情をしていてドキドキする。

ずっとその顔を見ていたいと思うけれど、そんな表情を向けられることに慣れていなくて、レーアはつい瞼を閉じてしまった。

ついばむように重ねられた唇は、先ほどよりも熱くなっていた。視界が暗くなったことで、彼の吐息や唇の感触がより鮮明に感じられる。

柔らかなそれがレーアの下唇を挟み、甘噛みして離れていく。そして顎から首筋に下りていった。

首筋を食まれて舌でなぞられると、くすぐったさと同時に襲ってくる甘い感覚に、エイナルの腕を摑んでいた手に力がこもる。

「……くすぐったい？」

食んだままで尋ねられて、レーアは何度も頷いた。くすぐったいだけではないけれど、この感覚を言葉にできない。

するとエイナルは、首筋から鎖骨、そして胸に唇を滑らせていった。先ほど翻弄された刺激を思い出し、レーアは僅かに身体を震わせる。

エイナルは胸を持ち上げるように優しく揉み、唇を押しつけるようにして突起の周りに口づけていく。

「ん……」

唇が先端を掠《かす》めると、鼻から甘い吐息が漏れた。するとエイナルは、ぱくりと先端を口に含んで舌で押し潰す。

「……ん……」

そのままぐりぐりと刺激されると、背筋にぞくぞくとした何かが走り抜ける。

同時に反対の胸の先端も指の腹で優しく撫でられ、レーアの口からは自分でも聞いたことのない艶《つや》めいた声が漏れ出ていた。

「……あぁ……ん、ん……」

エイナルの舌や指が動く度、その甘い刺激で下腹部にどんどん熱が溜まっていく。それをどうにかしたくて、レーアはもじもじと脚を擦り合わせ、腰を動かした。

どうしていいか分からない熱の存在に戸惑い、助けを求め、エイナルの髪に手を差し入れてくしゃりと掴んでしまう。

顔を上げたエイナルと目が合った。彼の濡れたような瞳にどきりとする。

エイナルは舌で胸の先端を刺激しながら、するりと太ももを撫でた。思わず脚に力が入ってしまったが、優しく撫でられ続けているうちに、自然と緊張が解けていく。

太ももから徐々に脚の付け根に移動した手は、そのままゆっくりと花弁を撫でる。初めて他人に触られたそこは、エイナルが指を軽く動かしただけで、ぐちゅり……と水音がした。

レーアはその音に驚いてしまったが、エイナルは嬉しそうに微笑んだ。

「ちゃんと濡れているね。良かった」

エイナルが喜んでいるのなら、これは良いことなのだろう。自分の身体の変化に戸惑いつつも、レーアは彼に身を任せる。

指が上下に動く度に、ぬるぬるとした感覚が伝わってきた。じわじわとした刺激が全身を包んでいく。

その刺激に意識が集中し、レーアの脚は自然と開いていった。すると、その隙間にエイナルが身体を滑り込ませてくる。

「……え……？」

驚いたのは、エイナルがレーアの股の間に陣取った後、すぐに屈み込んだからだ。思わず脚を閉じようとするが、彼の身体がそれを邪魔する。

「レーアのすべてが見たいんだ。隠されたこの場所も」

レーアの瞳をまっすぐに見つめ、エイナルは言った。

無理強いするような言い方ではない。けれど逆にそれがずるいと思った。そんなふうに言われたら、拒否することなどできないではないか。

「……はい」

本当は逃げ出したいほど恥ずかしいが、それをぐっと我慢して恐る恐る脚を開く。

エイナルの視線がそこに向けられるのを見ていられなくて、レーアは慌てて瞼を閉じた。

自分でも見たことのない場所がエイナルの目に晒されているのだ。そう思うだけですぐにでもそこを隠したくなった。

「ああ……綺麗だ」

うっとりとした声音に、レーアは薄く目を開けてちらりとエイナルの顔を盗み見る。彼は有名な絵画でも鑑賞しているような、好奇心や探究心に溢れた表情をしていた。

「あまり……見ないでください」

そんなにじっくり見られたら居た堪れない。

できれば今すぐにでもエイナルの目を覆いたかった。

「……綺麗なのに」

少し不満そうに言って、エイナルは上半身を屈めた。

何をするのかと思ったら、彼は突然レーアの脚の間に顔を埋め、花弁をべろりと舐め上げた。

「……ぁっっ!!」

レーアの身体がびくびくと跳ねる。

つま先から頭の天辺まで鋭い刺激が一気に駆け抜け、一瞬、何が起きたのかも分からなかった。

「……また溢れてきた」

溢れ出たものを舐めとるかのように、エイナルはそこに何度も舌を這わせる。ぴちゃぴちゃという卑猥な水音が聞こえてきて耳を塞《ふさ》ぎたくなった。

指で触られた時とは何かが違う。

エイナルの舌が上部にある何かに引っかかり、そこをぐりっと押し潰した瞬間、レーアの口から甲高い喘《あえ》ぎ声が飛び出した。

「あぁ……っ！」

心地良いとは思えないほど刺激が強くて、頭の中で何かが弾けた。レーアは手の甲で自分の口を塞ぎ、それを噛むようにしてなんとかその刺激に耐える。

強過ぎる刺激は怖い。

身体をびくびくと震わせるレーアを見て、エイナルはその部分にちゅっと吸い付いた。

「……んんっ……あぁ……」

今度は優しく舌で絡めとられ、強過ぎないじんわりとした甘い刺激に腰が浮く。

それから、エイナルにじっくり時間をかけてそこを舐め続けられることにより、その刺激が快感なのだとレーアの身体はだんだんと理解し始めた。

与えられる快感は全身に広がり、頭の中までぼんやりとして何も考えられなくなる。嬌声が勝手に漏れ出て、余計な力は抜けていき、身体はエイナルを受け入れるための準備を着々と進めているようだった。

「指を挿《い》れるよ」

エイナルの声は聞こえているのに、思考力が鈍っていて反射的に頷くことしかできない。

「……うっ……ん……」

体内に異物が侵入してきたのが分かった。

最初はちりっと痛みを感じたが、すぐに異物感だけになる。

「一本は平気？」

訊かれて、レーアはなんとか頷く。

すると、ゆるゆると膣内で動いていた指が引き抜かれた。そして再び侵入してきた時には、先ほどよりも圧迫感が増していた。

「……っ……」

レーアの身体に力が入ったのに気づいたエイナルが、心配そうに顔を覗き込んできた。

「痛い？」

痛いような気もするが、圧迫感のほうが勝っている。レーアは小さく首を横に振って大丈夫だと伝えた。エイナルの心遣いは嬉しいが、ここでやめてほしくない。

「続けるよ」

エイナルはレーアの顔を見つめながら、膣内を摩《さす》るようにゆっくりと中で指を蠢《うごめ》かせる。圧迫感が和らぐことはないけれど、丁寧に中を弄られているうちに次第にその太さにも慣れていった。

そんなレーアの様子を確認してから、エイナルは三本目の指を挿入した。

二本目の時よりも、圧迫感がぐんっと増し、痛みも少しある。

「……抜く？」

眉間にしわが寄ってしまったせいか、エイナルが伸び上がって、気遣うようにレーアの頬に口づける。

レーアは慌てて首を振った。

「大丈夫、です……。ちょっと苦しいだけなので……」

エイナルは慎重にレーアの身体を慣れさせようとしてくれている。その優しさが十分に伝わってくるのだから、たったこれだけの痛みを我慢できないわけがない。

それに、時間をかけてくれたおかげで、少しずつだけれど、気持ち良さも感じるようになってきているのだ。

「本当に、大丈夫？」

心配そうなエイナルに、レーアは笑みを浮かべた。

「はい……続けてください」

大きく頷いて、レーアはエイナルの頬に自分の頬を寄せた。するとエイナルは、片手でぎゅっとレーアを抱きしめ、嬉しそうな顔で口づけを落とす。

エイナルの唇がふんわりとレーアの唇に触れ、舌がレーアの口腔に差し込まれる。お互いの舌が絡み合い、表面が擦り合わされる。

それに意識を集中させていると、膣内に入ったままだった指がゆっくりと動かされ、レーアは熱い吐息を漏らした。口腔を弄られながら膣内を刺激され、むず痒いような快感に頭が支配されてしまう。

次第に水音が大きくなり、それが口腔からの音なのか膣内からのものなのかもう分からない。

「そろそろ挿れてもいい？」

唇を離したエイナルが首を傾げて訊いてきた。その様子はまるで親に甘える子どものようにも見え、愛らしく思う。レーアは息を弾ませながらもゆっくりと頷いた。

「……はい」

返事を聞いたエイナルは、なぜか脱ぎ捨てていた自分の上着を拾って、レーアの腰の下に敷いた。

どうしてそんなことをしたのか訊こうとする前に、熱いものが股の間に押しつけられ、レーアはびくっと身体を震わせる。

「ここ、か……」

小さな呟きが聞こえてすぐに、ぐっと押し込まれるような感覚がして、その次に襲ってきたのは裂けるような痛みだった。

「……っ……！」

息が詰まった。そのせいで、思った以上に身体に力が入ってしまったのか、エイナルも苦しそうな声を上げた。

「……レーア……もっと、力を抜いて」

荒い息を吐きながら、エイナルは困ったように眉を寄せる。

力を抜いてと言われても、どうやって抜けばいいのか分からなかった。

「息を、吸って」

無意識に息を止めてしまったらしい。そう言われて、レーアは意識的に深呼吸をした。

吸って、吐いてと、いつもは何も考えなくてもできることが、今はどうしてか難しい。

「僕に、しがみついていいから」

いつの間にかシーツをぎゅっと摑んでいたレーアの手をとったエイナルは、自分の背に手を回すように言う。

言われた通りにエイナルの背にしがみつくと、彼の体温を全身で感じられた。鍛え上げられた熱い身体に包み込まれるととても安心感があって、レーアはほっと息を吐く。

エイナルは力の抜けたレーアの耳に顔を寄せると、掠れた声で囁いた。

「もう少し、挿れるよ」

宣言されると身構えてしまうが、なるべく力を抜こうと深い呼吸を心がけ、エイナルを受け止める。

「……くっ……」

どちらの呻き声だろう。二人とも同じくらい唸っていたかもしれない。

とにかく痛くて苦しくて、身体がバラバラになってしまうのではないかと思った。エイナルの背中に爪を立ててしまったが、自分の手にどれほどの力が入っているのかもまったく分からない。

しばらくして、エイナルがふうっと大きく息を吐き出して動きを止めた。なんとか最後まで挿れることができたようだ。

「僕が中にいるの……分かる？」

苦しそうな声で問われて目を開けると、エイナルの額には汗が滲んでいた。汗で張りついた前髪が色っぽい。

「……はい。エイナルが、私の中にいます」

レーアはそう答えながら、じんじんと痛む場所に意識を集中した。

他人の身体を体内に受け入れる行為は、なんて神秘的なのだろう。

指を受け入れた時も思ったけれど、こんなところに自分以外の身体の一部が入っているのが不思議で仕方ない。

「まだ痛い？」

エイナルの気遣うような眼差しに、レーアは首を振って微笑む。

「少し痛いですけど……嬉しいです」

エイナルと一つになれて、彼を全身で感じることができて、本当に嬉しかった。

「僕も、すごく嬉しい。レーアが痛がっているのに申し訳ないけど、信じられないくらい気持ちいい」

エイナルは子どものように無邪気に笑った。

笑顔は子どものようなのに、滴る汗や鍛えられた肉体からは色気が滲み出ていて、レーアはドキドキしてしまう。

さらにエイナルは、額に張りついた前髪を無造作にかき上げた。その仕草があまりにも艶っぽくて、ドキドキを通り越して心臓が止まりそうになる。

エイナルにはいつもふいにドキドキさせられる。このままだと、トキメキ過ぎてレーアの心臓がもたないかもしれない。

「ごめん」

はあっと息を吐いて、エイナルは言った。

「え……？」

トキメキで胸がいっぱいのレーアは、なぜ謝られたのか分からずに首を傾げる。するとエイナルは、一度ぐっと歯を食いしばってから、ふっと真剣な表情になった。

「……ちょっと我慢できない」

「……はい」

一応頷きはしたが、ちゃんと理解していない様子のレーアに、エイナルは懇願するよう

に言った。

「動いていいかな？」

そうか。これで終わりではないのだ。

実は、性行為自体は知識として教わったので知ってはいるのだが、詳細はいまいち分かっていなかった。

レーアはエイナルの背中に回していた腕に力を込めて抱き着く。レーアには身を任せることしかできない。けれど、エイナルにされることなら、どんなことでも受け入れたかった。

「はい。エイナルの好きなようにしてください」

「動くよ」

エイナルは、ゆっくりと腰を引いた。ずりずりと異物が移動していく感覚はするが、先ほどのような激痛はないのでほっとする。

引かれた熱い塊は、すぐにまたぐぐっと奥へ入ってきた。

「……んんっ……！」

相変わらず内臓を圧迫される苦しさはあるが、痛みは徐々に薄れてきている。

指で慣らしてくれた時のように、このまま続ければ痛みは消えるのだろう。そう思うと、幾分か楽な気持ちでいられる。これもエイナルの入念な準備のおかげだ。

「……中、すごく熱い」

　ぐっと腰を押しつけ、エイナルは耳元で囁く。

　耳にかかる息がくすぐったくて、レーアはぶるりと身震いをした。すると、はあはあと荒い息を繰り返していたエイナルが、貪《むさぼ》るようにレーアの唇を奪った。

　余裕のないその様子に、レーアの胸がきゅっと締めつけられる。またしてもときめかされてしまった。

「……ん、んぁ……あ……」

　口づけをされながら膣内をかき回されると、両方の刺激が混ざり合って、身体の奥底から熱が生まれた。小さかったそれがどんどん大きくなっていって、レーアのつま先から頭の天辺まで行き渡る。

「……っ……」

「……あぁ……っんん……」

　エイナルの吐息交じりの声が、レーアの嬌声と重なる。

　気持ち良さそうなエイナルの顔を見て、熱の正体が分かった。

　これは、快感だ。エイナルのもので中を擦られる度に、快感が生み出されているのだ。

「……ふぅ……ん、ああ……！」

　ずんずんと奥を突かれ、身体の中で熱がどんどん膨れ上がっていく。

レーアはきつくエイナルに抱き着いた。

「ああ……、んっ、……エイナル、名前を……んん……呼んで、ください」

速くなっていく動きに必死についていきながら、今どうしてもしてほしいことをねだる。

「……レーア」

掠れた声で、エイナルがレーアの名を呼ぶ。

彼が呼ぶと、レーアという名前が特別なものに思えた。今まで誰に呼ばれてもそんなふうに思ったことはないのに。

「……あぁ……もっと……んん……呼んで、ください」

「……レーア……っ」

名前を呼んでくれて嬉しい。もっともっと呼んでほしい。

「……エイナル……！」

熱に浮かされたように、レーアもエイナルの名を何度も呼ぶ。

今、こうして身体を繋げている相手はエイナルなのだと実感できる。これが現実なのだと実感できる。それが嬉しい。

「……レーア、もう……！」

眉間にしわを寄せ、エイナルが告げた。レーアは返事の代わりに、彼の背中に回した腕に力を込める。

するとその後すぐに、お腹の中が熱いもので満たされた。その後、エイナルが動きを止めて、ぐったりとレーアの上に倒れ込む。

二人とも呼吸が荒くて声が出なかった。

レーアはエイナルの重みを全身で受け止めながら、幸せに浸っていた。

良かった。

初めてをエイナルに捧げられて。

エイナルは、レーアを宝物のように大事に抱いてくれた。

一生忘れない大切な思い出になった。

これでレーアは、これからの人生を幸せな気持ちで歩んでいける。

たとえそれが、エイナルとは別々の道を行くことになったとしても……。


「おはよう、レーア」

目が覚めると、レーアの最愛の人の顔が眼前にあった。

寝起きなのにとても爽《さわ》やかだ。もともと癖毛のせいか目立った寝癖もなく、なんだかすっきりとした顔をしている。

もしかして夢でも見ているのかもと思った。けれど、股の間に感じる鈍痛で、これは現実なのだと理解する。

ああ、そうだ。昨夜彼と……。

思い出すと同時に、カッと顔に血が上ってくるのを感じた。

「おはようございます、エイナル」

応えながら、レーアは自分の頬を両手で覆う。

恥ずかしくて、どんな顔をしていいのか分からない。

「身体は大丈夫？」

レーアの髪を手櫛で整えてくれながら、エイナルは優しく問いかけてくる。

「……はい」

頭を撫でられるのも、行為を思い起こさせる質問も、ものすごくむず痒《かゆ》い。

「痛いところはない？」

「……はい」

本当はエイナルを受け入れた場所が少しだけ痛いが、それは口に出さなかった。

これは、幸せな痛みなのだ。

エイナルがそこにいたという証なのだから。

「毎朝、目が覚めた時、レーアがいればいいのに……」

エイナルはそう囁いてから、ふとドアのほうに目を向ける。レーアもつられてそちらを見ようとすると、ちゅっと素早くエイナルが口づけてきた。

あまりの早業に、レーアはきょとんとしてしまう。

「レーアは寝起きも可愛い。どうしてそんなに可愛いんだろう……」

言いながら、エイナルはまたレーアの唇を塞いだ。

甘い言葉と口づけに、レーアは驚きを隠せなかった。

淡泊そうだと思っていたけれど、エイナルはこんなに積極的な人だったのか。いつもの無口な彼とは別人に見える。

「ずっとこうしていたいけど、そろそろイエンナが来るね」

名残惜しそうにレーアの髪を撫でてから、エイナルはベッドから起き上がった。

言われてみればそんな時間だ。

エイナルは素早くシャツとズボンを身につけてベッドに腰かけ、起き上がったレーアがドレスを着るのを手伝いながら言った。

「僕は少しやることができたから、庭師見習いのシーグはしばらく仕事を休むことになる。でも、心配しないで」

「はい」

しばらくエイナルに会えないのは寂しいけれど、前もって言ってくれたので心構えができる。

けれど、別の人に嫁ぐことが決まったこの状態で会えなくなるのはやはり不安だ。本当なら、嫁ぐその日まで毎日だって会いたい。

誰にも渡したくないと言ってくれただけでも嬉しいのに、身体を繋げたらこんなに欲張りになってしまった。なんてあさましいのだろう。

一緒に行きたい。離れたくない。……そんなわがままは言えないけれど。

「それじゃあ、行くよ」

エイナルはレーアの頬にそっと触れると、ゆっくりと顔を近づけてきた。温かな唇がふんわりと重なる。

唇が離れてしまうのが嫌だった。けれど無情にも唇の温もりは消え、エイナルの手もするりと離れていってしまう。

レーアはエイナルに向かって手を伸ばしかけたが、残っていた理性がそれを押しとどめた。

もしレーアが逃げ出したら、父が困ってしまうだろう。侯爵との結婚はきっと、伯爵家にとって大事なものなのだ。だから父は、苦渋の決断をしたのだと思う。

たとえ今エイナルと一緒に逃げたとしても、レーアはきっと後悔する。つらそうな父の顔が一生忘れられず、心から笑うことができなくなるだろう。

ベッド脇にあったぐちゃぐちゃになったジャケットを手にとったエイナルは、窓枠に足をかけてから振り向いた。

「必ず、迎えに来る」

迎えに来る。

嬉しい言葉なのに、レーアは素直に喜ぶことができなかった。

「……はい」

なんとか絞り出した声は震えていたかもしれない。

けれどそれに気づいた様子はなく、エイナルはひらりと窓の外に姿を消した。

一緒に行きたい。

けれど、行けない。

エイナルのいなくなった窓を見つめていたレーアの瞳から、一筋の涙が零れ落ちた。

七章

「レーアの結婚をぶっ潰す計画を立てたいと思う」

エイナルはバンッと力強く机を叩いた。

目の前には、驚いた顔のヴィーとミカルが座っている。

「うん。お前の言いたいことは分かる。けど、少し落ち着け」

「冷静に、だ。エイナル」

二人に宥《なだ》められるが、エイナルはレーアが他の男に嫁ぐかもしれないと思うだけで居ても立ってもいられないのだ。

数日前にレーアと愛を確かめ合ってからは、彼女を誰にも渡したくないという思いがそれまで以上に強くなった。これが独占欲というものなのだろう。

だからエイナルは、コンチャトーリ侯爵のことをできる限り調べた。ストラシエン国での内偵の報告は直接ヴィーのところに上がるので、この国での侯爵の知り合いを突き止めて片っ端から探りを入れてきたのだ。

とは言っても、やはり隣国の侯爵なので、こちらの国にはあまり知り合いはいなかった。だが、製造業の盛んなこのデュマルク国は、ストラシエン国に多くの武器を輸出している。その筋から辿り、コンチャトーリ侯爵と直接取引をしているという商人を見つけた。

その商人は信用問題になると言って話すのを渋ったが、大金を積み、コンチャトーリ侯爵よりも大口の取引先を紹介すると言ったらあっさり吐いた。

コンチャトーリ侯爵が好んで買っているのは、武器ではなく、拷問用の道具らしい。鞭や拘束具といったものから、人が一人は入れるような大きな箱のようなものまで幅広く揃えているという。侯爵自身が発案したものを職人に作らせることもあるそうだ。

職人にも話を聞いたが、侯爵の発案したものは性的な拷問器具で、相手を嬲《なぶ》って苦しめることだけを目的としたものらしい。

これらのものをただ飾るために購入しているとは考えづらい。嗜虐《しぎゃく》趣味の侯爵が自分の愉《たの》しみのために拷問を行っている、と考えるのが妥当だろう。

デュマルク国から消えた少女たちは、侯爵のその糞《くそ》みたいな趣味の犠牲になったのではないか。ストラシエン国にも多数の被害者がいるのかもしれない。

「僕が得た情報は以上だ」

エイナルがコンチャトーリ侯爵についての報告を読み上げると、ヴィーとミカルは厳しい表情で頷いた。

「よく調べたな。我が国の武器商人には探りを入れたのに、そっち系の道具の流れは失念していた」

ヴィーは悔しそうに唸る。

性的な拷問器具についても細かく調べていれば、人身売買の理由もすぐに分かったからだろう。けれど、侯爵は隣国では人格者として知られており、まさか、侯爵の性的嗜好が歪んでいるとは考えなかったのだ。

「これはますます……レーア嬢の身が危険だな」

頭をガシガシとかくヴィーに、エイナルは先ほど言ったことを繰り返す。

「だから、結婚をぶっ潰す計画を立てる」

けれど、相手は曲がりなりにも侯爵である。しかも他国の侯爵だから、さらにややこしい。

そう簡単にぶち壊せないのは百も承知だが、必ず破談にする。そう心に決めていた。

「ああ。そんな男に、レーア嬢は絶対に渡さない」

ヴィーがそう断言してくれると心強い。

自分で思っている以上に、エイナルは焦っていたようだ。普段ならもっと慎重に事を進めるのに、手っ取り早く金にものを言わせるやり方を使ってしまった。だがあの商人は、金のあるほうにつく分かりやすい奴だ。しばらくは様子見をしているだろうから、侯爵にこちらの動きがばれることはない。いや、ばらされる前に動けばいい。

レーアのためなら何を失っても惜しくはない。この先も、必要であれば同じことをするだろう。悠長に時間をかけている暇はないのだ。一分でも一秒でも早く破談にしたいのである。

「情報では、すでに花嫁衣裳一式が用意されていて、すぐに送られてくるらしいですよ」

それまで黙って聞いていたミカルが突然そんなことを言い出し、「これを見てください」と手元にある紙を指さした。

それは、何かの報告書のようだった。簡潔に箇条書きになっているが、普通の人間には解読できないように暗号化されている。

「報告書があるなら早く言えよ」

文句を言うヴィーに、ミカルは肩を竦める。

「私もつい先ほど受け取ったばかりです。確認してから提出しようと思いまして」

いつも最初に報告書を受け取るミカルにとって暗号解読は日常茶飯事なので、書いてあることをすらすらと読み上げ始める。

「グレンからの報告です。……エイナルが調べた通り、侯爵には嗜虐趣味がありました。

そういう趣味があるストラシエン国の権力者を仲間に引きずり込んで弱みを握り、脅して権勢を振るっているようです。だからなかなかこの趣味が明るみに出なかったとも言えますが。卑劣な男ですね」

感想を挟んでから、もう一枚の紙にも目を通す。

「こちらは、人身売買のほうを調べている内偵者からの報告ですね。ヤルミラはこの国の酒場で働いていた時、身寄りのない少女を集めては侯爵に献上していたという話の裏がとれたようです。隣国ストラシエン国でも同じようなことをしていて、捜査の手が伸びてきたのを察して逃げ、今度はこの国の少女たちを攫っていた、ということです」

報告を聞いたヴィーが長いため息を吐き出した。エイナルも眉間に深いしわを刻む。

攫われた少女たちは、やはり侯爵の拷問器具の餌食になったのか。

侯爵の屋敷でそれらしい少女の姿は見つからなかったらしい。きっと全員、すでに生きてはいまい。

「本当ならすぐにでも侯爵を捕らえたいところですけど、侯爵邸の警備はグレンでも手を焼くほど厳重だそうです。だからまだ、肝心の物的証拠が揃っていません」

ミカルは険しい顔で報告書を睨みつけ、とんとんと指で机を叩いた。歯がゆいのはみんな同じだ。早く早くと気ばかりが焦る。

「よし！」

何事か考えていたらしいヴィーが、突然声を上げた。

ヴィーを見ると、彼はいつものきらきらした瞳でにっと笑った。

「警備が厳重なら、それを逆手にとって、レーア嬢との結婚を利用して侯爵をぶっ潰せばいい」

「結婚をどうやって利用するんだ？」

ヴィーの言葉にエイナルは怪訝そうに眉を寄せる。するとヴィーは、ミカルに今までの侯爵に関する報告書をすべて用意させた。

そして侯爵邸の見取り図を机に広げ、エイナルとミカルを順番に見て口を開く。

「前にグレンが閨事《ねやごと》のプロを使って侯爵に罠を仕掛けた時、寝室周辺の警備が緩んだと書いてある。自分の愉しむ声を他の人間に聞かせたくないから、一時的に人払いをするらしい。ということは、花嫁と寝室に籠もる時も同じ状況にするはずだ。そこを狙う。花嫁を受け入れる時は屋敷内より屋敷外の警備に力を入れるようにグレンに助言させて……」

ヴィーが立てた作戦は、彼らしい大胆なものだった。事前にストラシエン国にも根回しが必要である。

それでも、ヴィーが『やれる』と言ったものは大抵うまくいく。

「急いでグレンに連絡します」

ヴィーの作戦を聞き終えると、ミカルは慌ただしく部屋を出て行った。準備はミカルの仕事なので、これから彼は休みなく働くことになるだろう。

ミカルは確実にすべてを間に合わせると確信しているので、エイナルはいつも自分のやるべきことだけを考えられるのだ。

「レーア嬢を利用するみたいで……申し訳ないな」

ヴィーがぽつりと言った。めずらしく常識人的な言葉を口にした彼をエイナルはじろりと睨む。

「レーアが確実に安全だという保証がないのなら、断固反対するが？」

「レーア嬢の安全は保証する。俺の名に懸けて」

真剣な顔で胸を叩くヴィーに、エイナルはしっかりと頷いてみせた。

「それならいい」

ヴィーがそこまで言うなら心配はない。

仕事に関してだけは、彼は絶対に部下の信頼を裏切らないのだ。それはエイナル以外の仲間も実感しているはずである。

そういう男だから、みんな彼についていくのだ。

エイナルからの絶対的な信頼に、ふっと小さく微笑んだヴィーだったが、何かを思い出したように「あ」と声を上げた。

「そうだ、エイナル。お前に言わないといけないことがあった」

「なんだ？」

真面目な口調を訝しく思ったエイナルに、ヴィーは少しだけ顔を寄せて言った。

「二年前のあの火事の実行犯を捕まえた」

「え……？」

予想もしていなかった報告に、エイナルは言葉を詰まらせた。

二年前——ニーグレーン伯爵邸の近くを偶然通りかかったエイナルが、生存者を助けに屋敷に飛び込み、レーアと出逢った火事のことだ。

あの時は、窓から外に逃げ出してきたイエンナが、レーアを助けに行くんだと泣きわめいているところに遭遇し、それなら自分がと、案内を頼んだのだ。

迷路のような植え込みに阻まれて難儀したが、別の部屋から入り、なんとか逃げ遅れた者たちのいるところにたどり着いた。そこで、棚の下敷きになっている二人の女性を発見した。それがレーアとその母親だった。

レーアは救えたけれど、母親はその時すでに息をしていなかった。

エイナルは、イエンナ以外の使用人たちが、レーアの母親は部屋にいないと思い込んでいたこと、地震でもないし燃えたわけでもないのに棚が倒れたことを不審に思い、独断で調査を始めた。

そして、ニーグレーン伯爵邸のあの火事は事故ではなく人為的なもので、実行犯がいることを突き止めた。だが犯人はその日のうちに国外に逃亡していたことも分かった。

その実行犯を追っていたのは、エイナルではなくヴィーの部下だ。エイナルが事情を話して、追尾を得意とする精鋭をヴィーに送り込んでもらったのだ。

その実行犯を捕まえたとヴィーは言った。

「レーア嬢の母親が部屋にいなかったと吹聴《ふいちょう》したのもそいつだ。ある程度屋敷が燃えたら棚が倒れるように細工までしてあった。棚に挟まれて動けなくなったように見せかけるため、薬で眠らせたレーア嬢の母親をあの場所に横たわらせたんだな。すぐに棚を倒さなかったのは、物音で誰かが来るのを恐れたためだとさ。怪しまれずにレーア嬢の母親を殺すために、あの火事を起こしたらしい。目的は、お前の想像通りだった」

犯人に聞き取りをしたのだろう。ヴィーはすらすらとエイナルが疑問に思っていたことへの回答をくれた。

レーアの母親は、眠ったまま煙を大量に吸って亡くなったというわけか。毒殺や絞殺をすれば、万が一誰かが助けに入った時に気づかれてしまうからだろう。小賢しいやり方だ。

「どうする？　ニーグレーン伯爵に本当のことを伝えるか？」

ん？　と顔を覗き込んでくるヴィーに、エイナルは小さく首を横に振った。

「いや、まだ待ってくれ。それは僕がやる」

ニーグレーン伯爵には言いたいこともある。侯爵の件が片付いたら、庭師のシーグではなくエイナル・シーグフリード・ブレンドレルとして、彼に会いに行くつもりだった。

「分かった。お前に任せるよ」

そう言って、ヴィーは実行犯の供述調書をエイナルにくれた。ミカルが清書したのか、読みやすい綺麗な字が並んでいる。

「実行犯の処刑もお前に任せようか？」

調書に目を通すエイナルに、ヴィーが軽い口調でそんなことを言う。眉を上げて彼を見ると、口調のわりに真剣な目をしていた。

「そいつのせいでレーア嬢の母親は死んで、レーア嬢自身も傷を負ったわけだからな。憎いだろう？」

「当たり前だ。レーアの心と身体に傷をつけた罪は重い。……でも、実際に手を下していいのは僕じゃない」

エイナルはきっぱりと断言する。するとヴィーは、ぱっと笑みを浮かべた。

「そうか。よし、じゃあ、今はレーア嬢の結婚をぶっ潰すことに専念しよう。証拠は着実に集まってきているからうまくいくさ。根回しもしっかりしておく」

「頼む」

互いに頷き合ってから、ヴィーは歩き出した。部屋から立ち去ろうとして、ドアの前でふと足を止める。

「そういえば、この間忠告し忘れたんだが……」

振り返ってエイナルを見た彼は、またしても真面目な顔になっていた。今日のヴィーはいつにも増して表情豊かだ。

「なんだ?」

仕事のことで何か伝え忘れたことがあるのかと眉を寄せると、ヴィーはエイナルに向かって指を突き出した。

「お前は圧倒的に言葉が足りない。今調べていることとか、話せる範囲でちゃんとレーア嬢に説明してきたのか?　不安にさせるなよ」

「ちゃんと、迎えに行くと言ったから大丈夫だ」

きっと待っていてくれる。

エイナルは自信満々に言ったが、なぜかヴィーは呆れ顔になった。

「どうせそれしか言ってないんだろう?　まったく……。次に会う時は自分の気持ちと、これからどうするかをきちんと伝えるんだ。分かったか?」

念を押され、エイナルは頷く。

「分かった」

自分が言葉が足りないのは確かだし、女性関係に関しては経験豊富なヴィーのほうが心得ている。だから、彼の忠告は素直に聞こうと思った。

けれど、早くレーアに会いに行きたくても、その彼女を助けるために、今エイナルには
やらなければならないことがある。
それを片付けたらすぐに会いに行こう。
絶対に計画を成功させて、レーアを侯爵から護るのだ。
誰にも渡さない。レーアとずっと一緒にいるのは自分だ。それは、彼女と会った時から
すでに決めていた。
必ず、迎えに行く。もう少しだけ待っていてほしい。
心の中で誓いなおし、エイナルは気合いを入れて歩き出した。

八章

侯爵家に嫁ぐ日取りが決まったと知らされたのは、レーアがエイナルと一夜を過ごした三日後のことだった。

猶予《ゆうよ》はあと一週間。

そんな短期間で準備をしなければならないなんて、貴族の結婚にしては性急過ぎる気がする。本当は父と侯爵との間で日取りはとっくの昔に決められていたのかもしれない。父がレーアに報《しら》せるのを躊躇っていたから、こんなに急な話になったのではないだろうか。

日取りが決まったと知らされたのと同時に、侯爵から花嫁衣裳一式が送られてきた。隣国では夫となる家の者がすべてを用意する風習なのだろうか。

用意された花嫁衣裳は、シンプルでありながら腰のラインが綺麗に見える形をしていた。袖の部分が今流行りの末広がりになっていたり、フリルがふんだんに使われていたりと、一目で高価であるのが分かる。

短めのヴェールは、三層になっていて、すべて長さが違い、外側に向かうほど短くなっている構造だった。ストラシエン国の花嫁は、顔をヴェールで覆わないらしい。

「レーア様、サイズ合わせをしましょうか。合わないのを理由に、このドレス、突き返してやりましょう。そうすれば結婚の日取りが延びるかも……」

そう言って、イエンナが花嫁衣裳を箱から取り出し、セニヤと一緒に手際よくレーアに着せてくれた。

レーアの結婚が決まったことを知らされてから、イエンナもセニヤもレーアと同じくらい落ち込んでいたのは分かっていた。けれど、二人ともレーアには常に笑顔で接してくれている。

もしも二人が暗い顔をしていたら、レーアは我慢できずに泣き出してしまっていただろう。結婚するのは嫌だとまで口に出していたかもしれない。

そんなことは許されないのに。

イエンナたちに縋っても困らせるだけなのだ。それが分かっているから、レーアもなるべく毎日を笑顔で過ごすことにしていた。

「……ぴったりなんですけど」

レーアの花嫁姿を見て、イエンナは眉を顰めた。

「なんだか気持ち悪くないですか？」

確かに。スカートの裾は少し長めだが、これがストラシエン国の流行りなのだろう。それ以外、特に直すところが見つからないというのは、なんとも気持ちが悪い。

レーアのドレスを作ってくれている仕立屋から、侯爵に情報が流れているとしか思えなかった。

「これだけのものを仕立てるとなると時間もそれなりにかかるはず……。かなり前から結婚は決まっていたということでしょうか……？」

眉間に深いしわを刻んだイエンナに、レーアは何も返せなかった。

やはり、この結婚はずっと前から決まっていたのだ。父は、レーアに結婚のことを告げるのをどれだけ躊躇っていたのだろうか。

「……こんなの、絶対にあの女が絡んでいるに違いありませんよ」

イエンナは拳をきつく握り締めて悔しそうに言った。

ヤルミラのことは、いつも『あの方』という呼び方をしていたのに、『あの女』に変わっている。

そんな不敬な発言を聞くと、これまでならすぐに注意していたセニヤだが、この時ばかりはちらりとイエンナを見ただけで何も言わなかった。

イエンナもセニヤも、この結婚はヤルミラがレーアを遠くへ追いやりたいがために、強引にまとめたものだと思っている。

レーアもその可能性もあると考えていた。

ヤルミラは最初からレーアを嫌っていて、レーアをずっとどこかに嫁がせたがっているようだった。

けれど、レーアの背中の傷痕のせいで、これまでの縁談話はすぐに立ち消えになっていた。そこに、傷痕があってもいいという人物が現れたのだ。彼女がその話に飛びつかないわけがない。

とはいえ、ヤルミラが乗り気でもそう簡単にまとまるわけではない。決定権は当主である父が持っている。

そして父は承諾した。もちろん、相手が隣国の有力な侯爵だから断れなかったという理由もあるだろうが、ヤルミラの意見も大きかったのだろう。

でなければ、父があんなつらそうな顔をするはずがない。

レーアは黙って花嫁衣裳を脱いだ。それを丁寧に吊るすイエンナとセニヤを見ながら、ふうっと小さくため息を吐く。

こんなふうに、誰かのことを悪く思う自分は嫌いだ。

たとえこの状況がヤルミラの謀《はかりごと》だとしても、父が承諾したのなら、これは父の意向なのだ。

貴族の子どもは当主の決めた相手と結婚する。それが貴族の家に生まれた者の義務なのだ。自分のわがままで放棄《ほうき》してはならない。

「お茶を淹れましょうね」

セニヤが明るい口調で言った。重い空気を変えようとしてくれているのだ。

「今日もテラスでお願いします」

レーアもにこりと微笑んで、庭園が見えるテラスへ移動する。

椅子に座って庭園に目を向けると、大きな木の剪定《せんてい》をしているラッシの姿が見えた。だが、いつもその傍らにあった弟子の姿はない。

「エイナル……」

レーアは小さく呟いた。

あれからエイナルとは会えていない。しばらく庭師の仕事を休むと言っていた通り、屋敷にも来ていなかった。

ラッシが言うには、実家の母親が病で倒れたため、落ち着くまでしばらく休むと連絡があったらしい。

気の合う愛弟子がいないのは残念そうではあるが、ラッシは彼の母親の容態を心配しているようだった。

レーアも違う意味で彼が心配だった。母親が病というのはきっと作り話に違いない。

迎えに来る、と言ってくれた彼は、今いったいどこで何をしているのだろうか。

それに、もし本当に迎えに来てくれたとしても、レーアは一緒には行けないのだ。

この結婚を投げ出してついていければどんなにいいだろうと思う。けれど、父を見捨てることはできなかった。

エイナルが隣国の侯爵以上の権力なんて持っているはずはないのだから、きっとこのまま嫁ぐことに……と考えて、レーアはふと思い出した。

そういえば彼は、エイナル・シーグフリード・ブレンドレルと名乗っていた。

「イエンナ、セニヤ。二人は、ブレンドレルという名に聞き覚えがありますか？」

お茶の準備をしているイエンナとセニヤに訊いてみる。

社交に消極的なレーアよりも、使用人たちの横の繋がりがある彼女たちのほうが、よほど貴族関係のことを把握しているからだ。

「ブレンドレル……ですか」

イエンナが首を傾げると、茶葉を蒸《む》らしていたセニヤが思い当たったように顔を上げた。

「ブレンドレル伯爵がおります」

それを聞いて、イエンナが「ああ！」と手を叩いた。

「はいはい！　思い出しました！　派手な美形三きょうだいのいるブレンドレル伯爵家のことですね！」

「派手な美形三きょうだい……ですか？」

レーアはきょとんとしてしまった。

派手、という言葉はエイナルとはかけ離れている。

「はい。噂では、すごく煌びやかでお美しいごきょうだいだそうです。長男と長女が特に有名ですが、そのご両親も含め、どこにいても目立つご家族だと評判ですね」

「そうなのですか……」

どこにいても目立つと言うなら、きっとエイナルとは関係のない家族なのだろう。

それに、もしもエイナルは美形だと思うけれど、派手という印象はなかった。

エイナルがそのブレンドレル伯爵家の子息なら、ここで庭師見習いをする意味が分からないし、あんなに土いじりが似合うわけがない。

「どうされたのですか？　急にブレンドレル伯爵家のことなんて訊いてこられて……」

めずらしいですね、と笑いながらイエンナが言った。

確かに、貴族たちとの交流がほとんどないレーアが、特定の名前を口にするのはめずらしい。

「聞いたことのあるお名前をふと思い出しただけです」

これは本当のことだ。

「レーア様のお耳にも、ブレンドレル伯爵家の評判は届いていたのですね。私も、遠目でいいから噂の美貌を見てみたいと思っているんです。きっと直視できないほどの美しさなんでしょうね」

　イエンナは想像だけでうっとりとしている。

「私はお見かけしたことがありますよ」

　セニヤがさらりとそんなことを言ったので、イエンナは目を瞠《みは》った。

「え？　本当ですか？　あの美形三きょうだいを直視できたのですか？」

「アイニ様が出向かれた社交の場で、ブレンドレル伯爵夫妻とそのご長男を、一度だけ遠目でお見かけしました」

　アイニとはレーアの母のことだ。セニヤは侍女として、足の悪い母の付き添いをしていたから、そういう機会もあったのだろう。

「どうでした？　どうでしたか!?　そのご尊顔は!!」

　興味津々の様子でイエンナは身を乗り出す。

「彫像のように完璧に整ったお顔立ちでした。特にご長男はまだ小さくていらっしゃったのに、すでに人目を引く美貌をお持ちでしたよ。弟君と妹君はその場にはいらっしゃいませんでした」

　淡々とした口調でセニヤは語り、少しだけ視線を遠くにやった。もしかしたら、母のことを思い出しているのかもしれない。

羨ましがるイエンナに微笑みながら、レーアは『彫像のような』という言葉が引っかかっていた。

「あの……二人は、シーグの素性について何か知っていることはありますか？」

尋ねると、イエンナとセニヤはきょとんとして顔を見合わせた。

「シーグですか……？　誰の紹介で来たのだったかしら。確かどこかの貴族の紹介でここに来たはずですけれど……」

「王都近郊の貴族の屋敷に勤める庭師の知り合いの息子らしいです。顔はいいのに表情が乏《とぼ》しくて何を考えているのか分からない、と母屋の使用人たちの間で話題になっています。もっと表情筋が動けばモテると思うんですけど、残念ですね。ああ、でも、彼のことを好きな娘はいるようですよ。まったく脈なしの様子で可哀想なんですけど」

セニヤがイエンナを見ると、噂好きのイエンナは独自に得た情報を得意げに披露してくれた。

シーグのことを好きな娘というのはカイヤのことだろう。

母屋で会った時の態度から、父にシーグのことを告げたのはもしかしたらカイヤかもしれないと思っていた。

「仕事は丁寧でラッシとも気が合うようですし、貴族でないのに所作が美しいから、きっとそれなりに裕福な家の出のような気がしますね。とても良い子だと私は思いますけれど」

イエンナは辛口だったが、セニヤは高評価をしているらしい。

だいぶ前のこととはいえ、ブレンドレル伯爵家の人たちを実際に見たことがあるという
セニヤがぴんときていないなら、エイナルは伯爵家とは関係ないのだろう。

整った顔立ちの人は数多く存在するし、彫像のようだと形容するのもよくあることだ。

レーアにとっては、今まで出逢った男性の中でエイナルが一番輝いて見えるのだが、そ
れも惚《ほ》れた欲目であるかもしれない。

エイナルが貴族でないのなら、レーアの結婚を阻止するのはどう考えても不可能だ。貴
族であったところで、侯爵よりもいい条件であることはまずないだろう。

やはり、レーアはコンチャトーリ侯爵に嫁がなければならないのだ。

分かっていても、その事実はずしりと胸を重くする。

「あ、シーグと言えば、結構前に、このお屋敷以外の場所での彼の目撃情報を聞いたこと
があります！」

はっと、突然思い出した様子でイエンナが言う。

「目撃情報？」

なんとも仰々しい言い方だ。レーアは首を傾げて、イエンナに先を促す。

「はい。聞いたのは何ヵ月も前のことなんですけど、いつも屋敷に野菜を運んでくるおじ

さんが言っていたんです。その人、下町の安い酒場の常連らしくて、そこでシーグを見かけたって言うんですよ。しかも一回や二回じゃなくて、遊び人として有名な男の人と一緒にいることが多くて、よく綺麗な女性を侍《はべ》らせているとかなんとか……」

イエンナは仕入れた情報を喜々として教えてくれるが、レーアは自分の顔が強張っていくのを感じていた。

「……それ、本当にシーグですか？」

信じられなくて、恐る恐る確認をする。するとイエンナは、腕を組んで眉を寄せた。

「そのおじさんは間違いないって言うんですよ。美女がシーグに誘いをかけるところも見たって。その女性に後で話を聞いたら、『とっても楽しい時間を過ごしました』って言っていたんですって。でも、あんなに無表情のシーグが、美女をそんなふうに侍らせるなんて想像できないですよね。この屋敷の使用人の中にも口説かれた人はいないみたいですし、女慣れしているとはとても思えないんですよ。むしろ逆に興味なさそうなのに、変な話じゃありません？　だから、人違いだろうと思って聞き流していたんですよ」

本当なんですかねぇ……とイエンナが呟く。

心臓がドキドキとうるさく鳴っている。不安に思っている時もこんなふうに鼓動が速くなるのだと知った。

「ああ見えて、実は陰で相当遊んでるんですかね？　おとなしそうに見えて、女が途切れないって人もいるみたいですし。そういう男って、女性が弱ったところにつけ込んでくるそうですよ。慰《なぐさ》めて意識させるのが手なんですって。それで何股もかけてる男がこの間修《しゅ》羅《ら》場《ば》になって……」

イエンナの話はどんどんずれていくが、レーアは自分の胸の鼓動がさらに速くなったことに気をとられ、最後まで聞いていることができなかった。

そんなわけはない、と頭の中で否定する。

エイナルは、仕事ぶりは真面目だし、レーアに対しても誠実だ。他の女性と遊んでいるなんて……そんなことはない。ないはずだ。

だって、あの夜、そんなに手慣れた様子ではなかった。いつの間にかドレスは脱がされていたし、初めてのレーアを気持ち良くもしてくれたけれど……。

………やはり、手慣れていたのだろうか？

他に経験がないので、レーアにはそれすらも分からなかった。

それでも、エイナルは次々に女性に手を出す人ではない、とレーアは〝遊び人説〟を否定する。

エイナルはあからさまにレーアを口説いたことはなかった。いつもさりげなく手助けをしてくれて、自分が傷つくこともいとわず守ってくれた。

……泣いている時に突然口づけをされたけれど、あれは、弱っているところにつけ込んで、というわけではなかった……はず。

……ああ、駄目だ。あれから何の連絡もなくて、心細くなっているからそんなことを考えてしまうのだ。

違う。きっと目撃者が勘違いをしているのだ。それか、何か事情があってその場所にいたか。そのどちらかに決まっている。

レーアはエイナルをただ信じればいい。

あの夜感じた幸せを、ただただ信じていればそれでいいのだ。

「噂話はそこまでよ。それに、つまらない詮索《せんさく》はよしなさい。想像で勝手に決めつけるのは失礼よ」

その通りだ。セニヤの言うように、勝手に想像して決めつけてはいけない。

レーアは大きく息を吐き出し、これ以上考えるのをやめた。

本人に直接訊けばいいのだ。エイナルならきっと正直に答えてくれる。彼はレーアに嘘はつかないと約束してくれたのだから。

「レーア様、焼き菓子もどうぞ」

お茶を淹れてくれたセニヤが、特製の焼き菓子も置いてくれた。

「ありがとうございます」

再び気分が落ち込んでしまいそうになっていたので、甘いものを食べてなんとか浮上させる。

「今日も良い天気ですね。後で散歩でもしませんか」

他愛のない話題を振りながら、レーアは顔に笑みを張りつけた。

「そうですね。ラッシが新しい花を植えたと言っていたので、見に行きましょう」

セニヤが頷くと、その隣でイエンナも「私も行きます！」と元気よく答えた。

この庭園を楽しめるのもあと一週間だ。

嫁ぎ先のストラシエン国は緑豊かな国だと聞くが、侯爵の屋敷の庭園はここよりもっと広くて立派なのだろうか。

ストラシエン国のことについては、基本的な知識しかない。コンチャトーリ侯爵は、嫁いでから徐々に知っていけばいいと言ってくれているようだが、これから暮らす国だから少しでも学んでおきたいと思い、時間をみつけて様々な本を読んでいる。

けれど近頃は、ストラシエン国の歴史の勉強をしていても、何をしてもエイナルの顔がちらついて集中できない状態である。

侯爵に恥をかかせない程度にはなんとか知識を詰め込んでおきたかった。父の顔に泥を塗らないようにしなければならない。それが伯爵家に生まれたレーアの務めなのだから。

レーアは諦めにも似た気持ちで、慣れ親しんだ庭園を見つめた。

九章

いよいよ明日、自分は嫁がなくてはならない。

ストラシエン国の文化や歴史の勉強をしたり、持参するものの整理をしていたら、あっという間に毎日が過ぎていった。

レーアはとうとう明日には侯爵の妻になるのだ。

エイナルは迎えに来るとは言っていたけれど、それはいったいいつなのだろうか。もうすっかり日が暮れて、もうすぐ日付が変わる時間だ。

その言葉を鵜呑みにしていたわけではないし、むしろ、他国の貴族を相手にそんな無茶をしてほしいわけではない。エイナルが罰せられることになるほうが嫌だ。

けれど、せめて最後にもう一度だけ会いたかった。

顔を見て、きちんとお別れをしたいのだ。そうしないと、自分の中で区切りをつけられない。

彼の体温も匂いも、抱きしめる腕の強さも、一つに繋がった感触も、すべて忘れることはできないだろう。

だからこそ、きちんと彼との関係に終止符を打たないと、この先ずっと後悔することになると思うのだ。

あの時ああすれば良かったと後悔するのは、母のことだけで十分だ。エイナルのことは、素敵な記憶として思い出したい。

けれど、それも難しそうだ。あと六時間もすれば、夜が明けてしまう。レーアは隣国へ向かい、エイナルとは二度と会うこともできなくなる。

伯爵家のために、従順にこの身を捧げる。

何度そう自分に言い聞かせただろうか。エイナルの顔が浮かんでは慌てて振り払うということを何度繰り返しただろうか。

もしかしたら何か不都合があって先方から断りの連絡が来るかもしれない、そんな淡い期待を抱いてもいたが、そんなに都合よくいくわけもなかった。

もう諦めなくてはならない。

つらつらといつまでも思い悩んでいないで、覚悟を決めて、レーアは明日に備えるのだ。

「おやすみなさい」

誰に言うでもなく、レーアはベッドの中で呟いた。小さな声は誰にも届かず暗闇へと消えていく。

目を瞑ってみても睡魔《すいま》は訪れない。むしろどんどん目が冴えていくような気がした。

緊張や不安、諦め、まだどこか心の片隅に残っている希望、様々な気持ちがぐるぐると渦巻いて、レーアは重いため息を吐く。

もぞもぞと何度も寝返りを繰り返し、それでも眠ることができなくて、ブランケットを頭から被った。

「エイナル……」

無意識に名前を呼んでいた。

会いたかった。顔を見るだけでもいいから、一目会いたい。

「…………」

その時ふと、何かが聞こえた気がして、レーアはブランケットからそっと顔を出した。

「……っ！」

瞬間、息が止まった。

暗闇の中、誰かがベッド脇に立っていたのだ。

「え……!?」

驚いて飛び起きると、逆光で影になっていた顔がはっきりと見えた。いつもは表情の乏しい顔に今は微笑みを湛《たた》えていて、レーアは大きく目を見開く。

ずっと待っていた人だ。会いたくて堪らなかった人。

「……エイナル？」

幻かと思った。あまりにエイナルのことを想い過ぎて、何かの影を彼と見間違えたのかと。

けれど、目の前に立つエイナルが両手を広げて微笑んだので、レーアは考えるより先にその胸に飛び込んでいた。

温かい腕が、ぎゅっときつくレーアを包み込んでくれる。

本物だ。

本物のエイナルがここにいる。

この前のように、いつの間にか窓から入ってきていたのだろうか。

「会いたかった」

大好きな優しい声が嬉しくて、レーアは彼の背中に回した腕に力を込めた。

「もう二度と会えないかと思っていました……。夢ではありませんよね？」

もしかしたら自分は夢の中なのかもしれないという一抹《いちまつ》の不安が拭えない。

それに応えるように、エイナルはレーアの肩を摑んで身体を離すと、顔を上げたレーアに口づけをした。

柔らかな感触と、彼の唇の熱さがしっかりとレーアに刻まれる。

「これでも夢だと？」

エイナルの言葉に、レーアは笑って首を横に振った。

ほんの一週間ほど会えなかっただけなのに、一年くらい会っていなかったような気持ちになっていた。

会ったら話したいと思っていた。ちゃんと話をして、自分の気持ちにけりをつけるのだと。

けれど、実際に彼を目の前にしたら、他に叶えてほしい願いが生じてしまった。

「エイナル……また私に、触れてくれませんか？」

レーアはエイナルをまっすぐに見つめて懇願する。

一瞬驚いたように目を瞠ったエイナルだが、すぐに苦笑した。

「そんなことを言われたら、このまま攫《さら》ってしまいたくなる」

攫ってほしい。

けれどそれは言えない。相手は隣国の権力者なのだ。だから、いくら一緒にいたくても、その一言は口にできなかった。

レーアの願いは、最後にもう一度抱いてもらうことだった。一度だけでいいと思っていたのに、彼の体温を感じたら衝動が抑えられなくなってしまった。

はしたないけれど、求めずにはいられなかったのだ。

「レーア……」

エイナルが名前を呼んでくれるのが嬉しい。

口づけてくれるのが嬉しい。

身体を触ってくれるのが嬉しい。

「……エイナル」

レーアはエイナルの首に腕を巻きつけ、自分の体重を利用して彼の身体を引き寄せ、ベッドに沈み込んだ。

一緒に倒れ込んだエイナルの重みが心地良い。

「会えて嬉しいです」

吐息が触れる距離で、レーアは囁く。

「僕も。ずっと会いたかった」

言い終わると同時に、エイナルはレーアの唇を塞いだ。すぐに舌が唇を割り入ってきて、歯列をなぞられる。

「……ん……」

くすぐったいのに、それが淡い快感に変わっていく。歯の裏側や上顎、舌の付け根まで舐め尽くされて、自分でも知らなかった奥底を暴かれるような気分になった。

口の中がこんなに気持ちが良いものだと思っていなかったので、これから食事の度に意識しそうで怖い。

口腔をまんべんなく動き回った舌は、最終的にレーアの舌を絡めとって吸い上げてきた。表面が擦れ合うとむず痒いような刺激が生まれて頭がぼんやりとしてくる。

角度が変わる瞬間を狙って息を吸っていたけれど、強弱をつけて舌を蹂躙《じゅうりん》され続けて、どんどん呼吸が乱れていく。

エイナルはうまく呼吸をしているのか、苦しくなっているのはレーアだけのようだった。

……やはりエイナルは慣れているのだろうか。

そう考えて、ふと思い出した。

ずっと会いたかったエイナルが来てくれたことが嬉しくて頭から飛んでいたけれど、これだけは確かめなくてはいけない。

「……あ……ん、待ってください」

僅かに唇が離れたところで、レーアはエイナルの胸を押す。すると彼は、不思議そうに顔を上げた。

「どうかした?」

口づけのせいか、エイナルの瞳が潤んでいた。

熱を持ったその瞳にどきりとしつつも、レーアは大きく息を吸ってから、思い切って口を開く。

「あの……エイナルが酒場で美女を待らせていると聞いたのですが、本当ですか？」

ずっと心に引っかかっていたことなので、どうしても訊いておきたかった。このまま訊かずにいたら、エイナルのことを誤解したまま離れ離れになってしまう。

そんなことはしていない、と彼の口から直接聞きたかったのだ。

答えを待っていると、エイナルは僅かに首を傾げた。

「……美女を？　僕が？」

何を言っているのか分からない、という様子で、エイナルはきょとんとしている。

その様子を見て、やはり誤解だったのだと安心した。でも、きちんと彼から否定の言葉を聞きたい。

「はい。遊び人の男の方とシーグ……エイナルが、美女を待らせているところを見たという話を聞いたのです。美女がエイナルに誘いをかけているところを見たと言っていました。その美女はエイナルと『楽しい時間を過ごした』って言っていたとも……。人違いだと思うのですが、目撃した人は間違いないと言っていたらしくて……」

レーアはイエンナから聞いたことをそのまま伝える。するとエイナルは、合点《がてん》がいったように頷いた。

「ああ……。分かった」

何が分かったのだろうか。

もしかして本当に美女と楽しい時間を過ごしたのか。

「遊び人の男は僕の友人で、その男が安い酒場を好んで利用するから、そこに呼び出されて仕事の話をしていただけなんだけど……。そんな話を聞いて不安になった?」

途端にエイナルは申し訳なさそうな顔になった。

レーアは正直に答える。

「……ごめんなさい。少し不安でした。すぐにエイナルに尋ねたかったけれど、ずっと会えなかったから……」

一人の夜は、思考が悪いほうへと向かってしまう。

嫌なこともたくさん考えてしまった。勝手に絶望したりもした。

噂に惑わされてはいけない。本人に訊くまではこのことは考えないようにしよう。そう思って今日までできたのだ。

「不安にさせてごめん。ずっと一人にしてごめん。本当に、僕はいつも言葉が足りないな……」

忠告された通りだ……と情けなさそうにエイナルは呟いた。なんだかすごく落ち込んでいる。

レーアの頬にそっと手を当てたエイナルは、真摯な瞳でまっすぐに見つめてきた。

「僕は美女なんて侍らせていない。女性が好きなのはその遊び人の友人だ。でも、僕が行くといつも女性を遠ざけてくれていた。気まぐれに誘いをかけてくる女性はたまにいたけど、僕は相手にしたことはない。……信じてくれる？」

なぜエイナルのほうが不安そうにしているのだろうか。エイナルがそう言うのなら、レーアは信じる。彼は嘘をつかないと約束してくれたのだから。

レーアはにっこりと微笑み、大きく頷いた。

「はい。信じます」

ちゃんとエイナルの口から真実が聞けて良かった。違うとは思っていたけれど、こうして本人が否定してくれると安心感が違う。

「これからは、思っていることをきちんと言葉に出すようにする。レーアを不安にさせないように、僕ができることは何でもするから」

エイナルは愛おしげにレーアの頬を撫でてくれた。けれどレーアの心は曇る。

これからの話をしてくれるのは嬉しいのに、二人にとっての〝これから〟はこの一晩だけなのだと思い出してしまったからだ。

「レーア、聞いてほしい」

改まってそんなことを言うエイナルに、レーアもつられて顔を引き締めた。

「はい」

頬を撫でる手は止めず、エイナルはふと懐かしむように目を細めた。

「僕は、あの火事の日からずっとレーアのことが頭から離れなかった」

レーアも同じだ。

あの時助けてくれた人のことを忘れられなかった。

「あの頃は、自分を守るために平気で他人を蹴落とす人間ばかり見ていたから、人間の汚さにうんざりしていた時期だったんだ。だからこそ、自分のことよりも母君を心配していたレーアの涙は、今まで見たことがないほど綺麗で……。レーアの心の美しさに僕は一瞬にして惹かれてしまった」

心が美しいなんて買いかぶり過ぎだと思った。レーアも汚いことを考えたり、人を羨んだりする。そういう自分が嫌ですぐに自己嫌悪に陥《おちい》ってしまうのだ。

けれど、エイナルはレーアのことを美しいと言う。彼が見ているレーアと、実際のレーアは違うのかもしれない。

それでも……エイナルが褒めてくれる部分は好きになれそうな気がする。

「他の女性なんて目に入らない。僕が惹かれるのはあなただけだ」

そこで撫でる手を止め、エイナルはずいっと顔を近づけてきた。吸い込まれそうなほど綺麗な青い瞳に囚われる。

「愛してる、レーア」

蕩《とろ》けそうな甘い声が、レーアの耳に届いた。

そんな言葉を聞けるなんて思っていなかった。

レーアは茫然として瞬きも忘れた。けれど、その言葉を理解するとともに、両の目から涙が溢れ出す。

大好きな人から、愛の告白をされたのだ。

嬉しくて幸せで、けれど切なくて涙が溢れて止まらない。

「……嬉しい、です……」

自分も気持ちを伝えたいのに、同じ言葉を口にすることができなかった。

本当にとてもとても嬉しいのに、聞かなければ良かった、なんて一瞬でも思ってしまった自分が許せない。

こんなにも欲しいと思うのはエイナルだけなのに。きっと、一生彼のことが好きだ。彼以上に誰かを愛することはできないだろう。

だからこそ、今はその言葉がつらかった。

レーアは明日には違う男の妻となるのだ。こんな気持ちを抱えながら、エイナル以外の人と契りを交わさなければならないのである。

想い合っているのに離れなければならないなんて、なんという悲劇だろうか。

「レーア……だから明日」

「今すぐ、エイナルが欲しいです」

エイナルの言葉を遮り、レーアはその広い胸に抱き着いた。

明日のことは聞きたくなかった。今だけは幸せな気持ちに浸っていたい。

明日には離れなければいけないと思うと痛いほど胸が締めつけられる。この痛みを忘れさせてほしい。

エイナルと一緒にいる時くらいは、エイナルのことだけを考えていたい。好きだという気持ちだけで満たされていたい。

「お願いです……」

そっと口づけ、レーアは懇願した。

するとエイナルは、口を開けてレーアの唇に噛みついた。甘噛みをしながら、舌を差し込んでくる。

乱暴に舌を絡めてくるエイナルに応えながら、レーアはぎゅっときつく彼に抱き着いた。

離れたくない。ずっとこうしていたい。

どちらの唾液が分からないほど交わり、興奮して息が上がる。

「ん……ぁ……」

エイナルとするまで、口づけはただ唇を重ねるだけだと思っていたけれど、こんなに濃厚なものだったのだと知った。

口腔を弄られるだけで、身体がじんじんと熱くなる。

この熱さがエイナルを欲している証なのだ。身体が彼を求めている。

口づけの合間に愛おしげに名前を呼ばれると、エイナルも同じ気持ちなのだと分かって嬉しい。

「レーア……」

二人は夢中で貪り合った。

こうすることで、レーアの愛が伝わればいい。口に出してしまうと二度と離れたくなくなってしまうから、態度で示すことしかできなかった。

エイナルは口づけをしながら、ネグリジェの上からレーアの乳房を揉みしだいた。少し荒々しい触り方が、余裕のなさを表しているようだ。

乳房の頂《いただき》が硬くなる前に、エイナルの指がぐりぐりと押し潰してくる。するとそれに反応して、突起がエイナルの指を押し返した。

「……んん、あぁ……」

硬くなったそれをきゅっと抓られ、先端を擦られると甘い声が漏れ出る。その声はエイナルの口の中に吸い込まれ、レーアが反応する度に舌の動きが激しくなっていった。

口腔と胸を同時に刺激されると下腹部が疼《うず》いて、レーアは無意識に踵《かかと》でシーツを蹴っていた。

それに気づいたのか、エイナルが自らの太ももをレーアの秘部にぐいっと押しつけてくる。

「……ああっ……」

直接触れられたわけではないのに、甘い快感が走る。敏感になっているそこは、服越しでも十分な刺激を受けた。

前回の行為で、気持ち良い場所は分かっていた。だから期待とともに身体が過敏に反応しているのだ。

身体が熱くてもどかしい。

唇を重ね過ぎて感覚が麻痺してきた頃、エイナルはレーアのネグリジェを捲り上げた。そして素早く下着も取り払ってしまう。

前回はいつの間にか脱がされていたけれど、今回はレーアも協力して脱ぎ去った。

そしてエイナルがシャツを脱ぐのもレーアは手伝う。ズボンを寛げた時にはさすがに手を出せなかったが、起き上がったエイナルの下半身の猛りは目に入ってしまった。

あんな大きなものが自分の中に入るのかと目を疑った。一度は入ったものではあるが、あんな大きさに自分の秘部が広がるとはとても思えなかった。

「……触ってみる？」

あまりにも真剣に凝視してしまったからだろう。エイナルは困ったように尋ねてきた。

「……はい」

「……本当に？」

驚いた様子のエイナルに、レーアはしっかりと頷く。

「はい」

未知のものではあるが、エイナルの身体の一部なのだ。怖がらずにまずは確かめてみたいという、好奇心にも似た気持ちがあった。

エイナルがレーアの手を取って、そこに導いてくれる。

「あ……」

触れると、それはとても熱くて硬かった。ぴくりと反応したその猛りは、また一段と太さを増したような気がした。

思っていた以上に触り心地は良い。先端はすべすべしているのに、液体のぬるりとした感触もする。

「待って……それ以上触られたらもたない」

少ししか触れていないのに、エイナルは強引にレーアの手を引きはがした。

不思議な感触が面白くて、もっと触っていたかった。残念に思いながら、レーアは覆いかぶさってくるエイナルを見つめる。

エイナルはゆっくりと素肌を触れ合わせた。その感覚が気持ち良くて、レーアは乳房を逞しい胸に押しつける。

するとエイナルは、心を落ち着けるようにふうっと息を大きく吐き出した。

そしてしばらく目を閉じた後に、再びレーアの唇を塞いで口腔を弄りながら、今度は太ももの内側を撫で始める。

撫でながらゆっくりと脚を開かされ、エイナルの長い指が太ももからするりと秘部に到達した。ぬるぬると滑るように彼の指が動くのが分かり、蜜が大量に溢れ出ているのだと感じる。

「……んぁ……あぁっ……！」

性急に指が膣内に侵入してきた。十分に濡れていたせいか痛みはない。

中で指が自由に動き回り、グチュグチュと水音を立てて指が抜き差しされ、その音に耳が犯されているような気分になった。

「……あぁ……んんっ……！」

親指で花弁の上部にある突起をぐりっと押し潰され、レーアは背を仰け反らせた。背筋を駆け抜ける快感に腰が跳ねる。

敏感なそこを撫でるように刺激しながら、エイナルは指を二本に増やした。僅かな圧迫感はあったが、膣壁を擦られる快感のほうが強い。

エイナルは何かを探るように、指で中をぐるりとなぞり上げた。少しずつ位置をずらしてぐりぐりと膣壁をかき回される。

「……っ……あ、やぁ……！」

ある一点を擦られた瞬間、レーアはビクビクッと大きく身体を震わせた。鋭い刺激が一気に全身を駆け巡り、身体が勝手に跳ね上がる。

「……や、んん……っ……あ、ああっ……」

強過ぎる刺激が怖くて腰を動かすが、エイナルの身体の重みで押さえつけられていて逃れることができない。

執拗にそこを攻められて、その強烈な快感に嬌声が止まらなくなった。

自分の身体がおかしくなってしまいそうで、レーアは力の入らない両手でエイナルの胸を必死に押す。それでもエイナルは指を動かすのをやめてくれなかった。

レーアの身体の震えがだんだん大きくなり、頭の中が真っ白になる。

「ああぁ……っん、やあぁ……！」

ひと際高い声が出た。腰が浮き上がり、太ももがガクガクと痙攣《けいれん》する。訳が分からないまま、レーアは身体を硬直させた。

「……ふ……ぁ……」

エイナルが指の動きを止める。

やっと動かすのをやめてくれたのに、膣内が収縮する度に、入ったままの指の形を生々しいほどに感じてしまう。

身体の力が抜け、レーアは閉じていた目を開けた。するとそこには、エイナルの上気した艶っぽい顔があった。

「……可愛い」

微笑みながら、エイナルはぽつりと呟く。レーアは頭がぼんやりとしていて、笑みを返すだけで精一杯だった。

エイナルは素早く指を抜くと、熱くて硬いものを秘部に押し当ててきた。そして無言でぐっと腰を突き出す。

「んあぁ……あ、ぁ……」

脱力していたため、先端は意外とすんなりと入り込んだ。けれど、太いもので押し広げられる感覚に驚いて下腹部に力が入ってしまい、そこから先は少しずつ時間をかけて突き入れられる。

「……んっ……」

エイナルが苦しそうにはあっと息を吐く姿が色っぽい。レーアがその表情に見惚れている間に、ぐんっと奥まで猛りが収められた。

「……ふ、ぁ……ん、ん……」

ぐるりと腰を回されて存在を誇示され、エイナルと繋がっているのだと実感する。

「痛くない？」

汗で頬に張りついた髪の毛をよけてくれながら、エイナルは優しく訊いてくれた。

「はい……ぁ、気持ち良い、です」

意識すればするほど下腹部に力が入り、エイナルのものをぎゅっと締めつけてしまうのが分かった。中でびくっと猛りが震えるのを感じ、身体の奥が疼き出す。

初めての時よりずっと気持ちが良くて、レーアは痛みではなく快感で眉を寄せた。

「僕も、すごく気持ち良い」

エイナルも眉を寄せながら微笑む。その顔が愛おしくて、レーアは顔を上げて口づけをねだった。

すぐにエイナルは願いを叶えてくれる。

「……んん、ふぅ……ぁ……」

優しく何度も唇を重ねてから、エイナルは腰を動かし始めた。

膣奥を突かれると痺れるような快感が襲ってくる。レーアはエイナルの背中に手を伸ばし、快感の波に攫われないようにきつく抱き着いた。

こうして抱き合っていると、嬉しくて切なくて、なんとも言えない気持ちになる。

こんなに胸が締めつけられるのは、エイナルのことを考えた時だけだ。

「……あ、あぁん……ん、あっ……」

抑えても出てしまう嬌声は、エイナルの口が吸い取ってくれる。腰の動きが速くなるにつれ抱き着く腕にも力がこもり、口づけも深くなっていった。

エイナルが身体の中にいる。その事実は、レーアを満たしてくれる。

このまま離れなくなってしまえばいいのに。

「レーア……レーア……」

僅かに唇を離すと、エイナルは繰り返し名前を呼んでくれる。

その綺麗な手でもっと触ってほしい。

もっと口づけてほしい。

もっともっと名前を呼んでほしい。

二人の身体が溶け合って一つになるくらいに深く繋がりたい。

「愛してる……レーア……」

うわ言のようにエイナルは愛を囁いた。

レーアもエイナルを愛している。

怖くて言葉にはできないけれど、心の中で何度も愛を告白した。

「うん……んぁ、あぁぁ……！」

エイナルが奥を抉るように腰を打ちつけてくる。その激しい動きに、先ほどのような頭が真っ白になる快感が一気に襲い掛かってきた。

「やあ……ああ、あっ……んんっ……！」

「……レーア……一緒に……！」

甲高い嬌声とともに身体がガクガクと震え、膣壁が痙攣する。するとエイナルのものが一層大きくなり、身体の奥が灼けるほど熱くなった。

指だけで絶頂に押し上げられた時とは違う。もっと強烈で全身が蕩けそうなほど甘美な快感だった。

エイナルが動く度に猛りがビクビクと脈打っている。その形が分かるほどに、膣壁はきつくそれを絞り上げていた。

迸《ほとばし》りが体内に注ぎ込まれるのを感じながら、レーアはぐったりとベッドに沈み込む。

絶頂に達するのはひどく疲れるものだということを学んだ。だるくて力が入らない。

ずるりと膣内からエイナルのものが抜かれると、少しだけ寂しい気分になった。けれど、エイナルが隣に寝転んでレーアの身体を抱き寄せてくれたので、レーアはその広い胸に頬をすりよせて甘えることができた。

息を整えるためにしばらく二人とも無言だったが、エイナルがふいにレーアの背中の傷痕を優しく撫で始める。

「ぁ……んん……」

まだ敏感な身体がぴくりと反応して声が漏れてしまった。エイナルは気遣うように触れてくれたのに、はしたない声が出たことが恥ずかしくて、レーアは慌ててエイナルから距離をとる。

「あ、あの、お水を飲みませんか？」

起き上がってベッド脇の棚の上に置いてある水差しに手を伸ばすが、後ろから抱きしめられて動きが止まる。

レーアを抱き寄せ、大きな手で乳房に触れてきたエイナルは、硬さを失うことのない猛りをレーアの腰に押しつけてきた。

「水は後からもらう。それより……もっと、いい？」

言いながら、エイナルはレーアの腰を少し浮かせる。そして背後から抱きしめたまま、ぬるぬると滑りのあるそれで花弁をぐりぐりと刺激してきた。それだけで、レーアの身体に一瞬にして火がともる。

「……はい。もっと、してください」

秘部を擦り合わせるのが気持ち良くて、レーアも腰を押しつける。

グチュグチュと水音を立てながら刺激し合っていたそれが、ふいにぬっと膣内に入り込んできた。

「ああ……んんっ……！」

レーアは腰に力が入らなくなり、エイナルの膝に座り込む。すると自分の体重で猛りを一気に奥まで受け入れることになった。

レーアの身体は、エイナルを受け入れる快感を知ってしまった。動かされると、何も考えられなくなるくらいに気持ち良くなると知ってしまったのだ。

もうエイナルを知る前には戻れない。

愛する人と身体を重ねることは、こんなに素晴らしいことなのだ。

この肌の感触も、熱さも、匂いも、すべてが愛おしい。このすべてを忘れないように、エイナルをこの身体に刻みつけたい。

けれど、いくら幸せな気分に浸っていたくても、ふいに切なさが襲ってくる。

この先、エイナルのことを思い出しては泣くことになるのだろうが、この思い出だけを胸に生きていくしかないのだ。

心の中で想うことだけはやめられそうになかった。この苦しいほどの想いを忘れられるわけがない。

エイナルが触れてくれるだけで、こんなにも幸せを感じるのだから。

幸せなのに、涙が出る。

「……レーア……」

背後から首を伸ばすようにして、エイナルが唇で涙を吸い取ってくれる。

明日にはきっと気持ちを切り替えてみせるから。

エイナルにきちんとさよならをして、この想いだけを持っていくから。

今は……エイナルのことだけを想って愛し合いたい。

「……あぁ……エイナル……！」

またすぐに絶頂に昇り詰めていく。終わりたくないのに、終わりが見えてくる。

もっと。もっと繋がっていたい。

ずっと抱き合っていたい。

「……あ、もう……もたない……！」

荒い呼吸の中、エイナルがそう言って奥へ奥へと腰を突き出してきた。その激しさに身を委ねながら、レーアも快感の頂点に押し上げられていく。

「……あぁあぁん……あぁっ……！」

もう放したくないとでも言うように、レーアの膣内がエイナルの猛りをきつく締め上げた。

「……っ……！」

エイナルは息を詰め、苦しそうに唸る。

熱い飛沫が膣奥に叩きつけられるのを感じながら、レーアはそのままふっと意識を手放した。

ふと目を覚ますと、心配そうなエイナルの顔が間近にあった。

「大丈夫？」

問いかけられて、レーアはしばらく考えた後、状況を理解する。

「私……気を失っていましたか？」

「ほんの少しだけ」

少しだと分かってほっとする。これで朝まで眠ってしまったら、そのままエイナルと会えなくなるところだった。

今のうちにしっかりとエイナルを脳裏に刻みつけておこうと身体を起こすと、目の前に白い何かを差し出された。

「これをもらってほしい」

言われて、戸惑いながら受け取る。綺麗に畳まれたそれを広げて、レーアは目を見開いた。

それは、純白のヴェールだった。

母のものと同じく、前面は顔が隠せるほどの長さがあり、背面はそれより長い。けれど、刺繍されている花が母のものとは違った。

「マーガレット……ですか？」

綺麗な花模様をなぞりながら問うと、エイナルは大きく頷いた。

「初めて二人で植えた花だから……。咲くのが楽しみだ」

一緒に種を植えた時と同じ言葉だ。そんなに日数は経っていないのに、もうずっと遠い昔のことのように思える。

あの時は、無邪気に楽しみだと思えた。

未来は明るいものだと信じていられたから。エイナルと一緒に、笑って花の成長を見守れると疑わなかったから。

けれど、花が咲くところを二人で見ることはできない。

もしレーアがあの鉢を持っていったとしても、エイナルがいないところで咲いた花を見て喜べる気がしなかった。

きっと、見る度につらくなってしまうだろう。

レーアの夢を叶えてくれたエイナルには申し訳ないが、笑顔で受け取ることはできなかった。

ヴェールをぎゅっと握り締めたレーアの手に、エイナルはその大きな手をそっと重ねた。

「これは、約束の印」

「約束の印？」

レーアは顔を上げてエイナルを見る。するとエイナルは、真剣な表情で重ねた手を強く握り締めた。

「レーアを侯爵の妻にはさせない。レーアを幸せにするのは僕だと約束する」

それはとても嬉しい言葉だ。

けれど、レーアは手放しで喜ぶことはできなかった。

「でも、相手はストラシエン国の侯爵です。私たちがどうにかできる相手ではありません」

だから、ここで逃げ出すわけにはいかないのだ。

レーアはつらい気持ちを押し殺し、エイナルをまっすぐに見つめる。

「もし私がここで逃げ出したら、父が責任を負わなければならなくなります。私はどうしても……父を見捨てることができないのです」

ごめんなさい……とレーアが唇を噛み締めると、エイナルは小さく頷いて、ふんわりと微笑んだ。

「分かっているよ。レーアはその選択はしないと思っていた。そんなあなただから好きになった」

「それじゃあ……」

一緒に逃げるという選択以外に何があるのだろうか。侯爵相手にどうこうできるとはとても思えなかった。

戸惑うレーアに、エイナルは姿勢を正して表情を引き締めた。

「僕の言うことを信じてほしい」

「はい、信じます」

エイナルが信じろと言うなら信じる。レーアは躊躇《ちゅうちょ》なく頷いた。もしそれが絵空事でも構わなかった。

するとエイナルは嬉しそうに頬を緩ませ、思わずといった様子でレーアに口づけた。そしてすぐに唇を離す。

「明日……いや、もう今日のことになるな。あなたにやってほしいことがある」

そう言ったエイナルの瞳は、今まで見たことがないほど真剣だった。

十章

今日、レーアはコンチャトーリ侯爵の妻になる。

隣国にほど近いニーグレーン伯爵邸からは、朝に出れば夜にはコンチャトーリ侯爵邸に着くらしい。

一日中馬車に揺られるのは大変だが、途中でどこかに泊まるのは侯爵が許さなかったのだと聞いた。彼は人一倍警戒心が強いのだとか。

レーアが逃げ出さないか疑っているのか、どこかに泊まってレーアに何かあったらいけないと心配しているのか、どちらなのかは分からない。

今日、レーアは一日の大半を馬車の中で過ごすことになる。こうしてエイナル以外の男性が用意した花嫁衣裳を身にまとっていること自体、とても心苦しい気分だというのに、長時間密室に閉じ込められるのも憂鬱だった。

けれど、ヴェールだけはエイナルが贈ってくれたものを被った。このヴェールを彼だと思うだけで自然と心が穏やかになる。

イエンナたちには『贈り物』だとしか言っていないが、こちらのヴェールのほうが素敵だと賛成してくれた。

彼女たちの言動からして、父からの贈り物だと勘違いしているようだったけれど、レーアはそれを否定しなかった。

「レーア様、本当によろしいのですか？」

着つけを手伝ってくれたセニヤが、硬い表情で鏡越しにレーアを見た。仕事に必要がないことはあまり口にしない彼女がそんなことを言うなんてめずらしい。

その隣で、イエンナも思いつめたような顔で胸の前で両手を握る。

「そうですよ。本当にいいんですか？　レーア様が嫌なら、急病だとでも嘘をついて先延ばしにしてもらってもいいんじゃないですか。そのまま長引かせて破談に持っていくとか……」

結婚相手であるコンチャトーリ侯爵が祖父と言ってもいい年齢であることや、レーアは大金と引き換えに侯爵に売られたという噂があることを教えてくれたのはイエンナだ。方々の知り合いから情報をかき集めてくれたらしく、ここ数日でレーアの耳にも入ってきた。

父はあまり詳しく教えてくれなかったので、イエンナからの情報はレーアにとって初耳のことばかりだった。

父からは、侯爵はレーアが到着するのを心待ちにしている、とだけ聞かされていた。

そんなに望まれているとは思っていなかったため驚いたが、もしかしたらそれは父の優しい嘘なのかもしれないと感じた。

そう疑ってしまうのは、もう盲目的に父を信じることができないからだろう。

レーアは振り返って二人と向かい合うと、彼女たちの手にそっと触れた。

「私は大丈夫です。セニヤ、イエンナ、これまで本当にありがとうございました。あなたたちがいてくれたから、私はこの家で笑って過ごすことができました。心から感謝しています」

嘘偽りのない事実だ。改めてお礼を言えて良かった。

レーアはにっこりと微笑む。するとセニヤはくしゃりと顔を歪ませた。

「レーア様……！　感謝しているのはわたくしたちのほうです。アイニ様とレーア様にお仕えできて、わたくしは幸せ者でございます」

セニヤが母に仕えている時から長年一緒にいるが、彼女がこんなに感情的になるのは初めて見た。

「私も隣国へご一緒したかったです！　いつまでもレーア様のお傍で働きたかった……！

私は年老いて動けなくなるまでレーア様のお世話をするつもりでいたのに……！」

　イエンナが涙をぼろぼろと流しながら、悔しそうに眉を寄せた。

　数日前になって突然告げられたことだが、コンチャトーリ侯爵はレーア単身での嫁入りを希望したのだ。だから、イエンナもセニヤも連れて行くことができない。

　それを聞いた彼女たちは何度も父に直談判したらしいのだが、覆らなかった。

　レーアも、彼女たちが一緒に来てくれればとても心強いと思った。けれど、先方が許さないのなら仕方がないと諦めるしかない。

　必要最低限の荷物だけ持って、レーアは独りで行くのだ。

「レーア様、そろそろお時間です」

　顔見知りの使用人が呼びに来たので、涙を流す二人としっかり目を合わせてから手を放し、レーアは自室を出た。

　普段とは違う高いヒールの靴《くつ》を履《は》いているので、転ばないように慎重に歩く。

　離れから母屋の正面玄関へ行くと、迎えの馬車が門の前で待機しているのが見えた。その傍らには、銀髪を後ろで一つに結んだ侯爵の従者らしき男と、両手で何かを抱えている侍女、屈強な体軀の護衛だと思われる男の三人が立っている。

　母屋のほうへ目を向けると、玄関前に父と義母と妹、そして使用人たちがずらりと並んでいた。伯爵家の娘が嫁入りするというのに、全体的にどんよりとした雰囲気である。その中に、申し訳なさそうな表情をしているカイヤもいた。

レーアの結婚が決まってから、庭師見習いのシーグが仕事に来なくなったことをカイヤが心配しているようだとイエンナが言っていた。

レーアとシーグの仲の良さに嫉妬して、二人の仲を勘ぐるような噂を広めたことを反省していると伝え聞き、レーアは彼女に好感を持った。

純粋にシーグに恋をしていたのだろう。同じ人を好きになった者同士、話せば仲良くなれたかもしれない。けれど、もう会うことはできない。

「レーア、綺麗だよ」

ぎこちない笑みを浮かべ、父が花嫁衣裳姿のレーアを褒めてくれた。綺麗だよ、と言いながらも、レーアの目をまっすぐには見てくれない。

噂が本当なら、父はレーアを侯爵に売ったことになる。

そんなにこの家が金銭的にひっ迫しているなんて知らなかった。離れにいて、父や母屋の変化に疎かったために、家がどんな状況なのか気づかなかった。これまで何も知らないで暢気《のんき》に毎日を過ごしていた自分が情けない。

何も持たないレーアが父にできることは、侯爵に嫁ぐということだけだ。

「お父さま、私、幸せになります。だから心配しないでください」

約束です、と父と抱擁を交わす。

昔は、他愛のないことを約束するのに、よくハグをしていた。父とするそんな〝約束〟もこれで最後になるのかもしれない。

「レーア……」

身体を離すと、やつれた顔の父がレーアに向かって手を伸ばしてきた。

だがその後ろで義母と妹がニコニコしているのが視界に入り、レーアはゆっくりと後退りをして父から距離をとる。

父は、レーアよりも義母と妹を選んだのだ。ずっと深く考えないようにしてきたその事実を、こんな時にやっと実感した。

この家で、レーアは邪魔者だった。義母は早く厄介払いをしたかったのだろう。今まで見たこともない満面の笑みを浮かべている。

悲しいと言うより寂しい気持ちが襲ってきて、レーアは自分の〝家〟である離れのほうを見た。

レーアの花壇があるあたりで、イエンナとセニヤ、そしてラッシが悲しそうに唇を引き結んでいるのを見て、レーアも泣きそうになってしまった。

込み上げてくる様々な感情をぐっと抑え、精一杯の微笑みを浮かべる。

「皆様、どうぞお元気で」

声が震えることなく言えたと思う。

その場にいる全員の顔を目に焼きつけ、レーアはくるりと踵を返した。慣れない靴でゆっくりと馬車に近づく。

「お足元にお気をつけください」

馬車のドアを開けてくれた従者が、そう言ってレーアに手を差し伸べてくれた。その手に自らの手を重ね、レーアは従者を見る。

「よろしくお願いします」

レーアの言葉に、従者は切れ長の目を細めて頷いた。

「お任せください」

馬車に乗ったレーアに続き、侍女と従者も乗り込んできた。

「申し訳ございませんが、コンチャトーリ侯爵のご意向により身体検査をさせていただきます」

従者がそう言うと、両手で抱えていたものを従者に渡した侍女が一礼し、レーアの身体を満遍なく触っていった。

間近で見るとその侍女は、化粧をしたら映える顔立ちだと思った。地味なのにどこか色気があるのだ。赤茶色の髪の毛を複雑に編み込んでいるのが特徴的で、彼女が器用であるのが伝わってくる。

馬車のドアは開いたままなので、従者だけでなく護衛の男にも見られているのが恥ずかしいが、侯爵は警戒心が強いらしいので、レーアが侯爵を害するようなものを持ち込まないかどうかの確認なのだろう。

「失礼しました」

レーアが何も持っていないことを確かめた侍女は、また一礼して下がった。すると、入れ替わるように従者がレーアに近づき、分厚いポンチョを肩にかけてくれる。

「冷えるといけませんので、しっかりと身体に巻きつけてください」

先ほど侍女が持っていたのはこのポンチョだったらしい。

「ありがとうございます。暖かいです」

レーアは大きなポンチョを両手で身体に巻きつけ、ほっと息を吐き出した。

緊張で冷えていた身体が、じんわりと暖かくなっていくのを感じる。

「この馬車にはわたしと侍女が同乗いたします。護衛は馬で同行して安全を守りますのでご安心ください」

従者の説明にレーアが頷くと、注意事項が続けられた。

「休憩は何度か挟みますが、外に出る時も常に侍女をお連れください。窮屈だと思いますが、レーア様を無事にコンチャトーリ侯爵のもとへお連れするためです。ご容赦ください」

「……はい」

監視だとは思いたくないが、レーアを確実に侯爵邸に連れて行くための措置なのだろう。常に誰かと一緒というのは気が張るけれど、仕方がないと諦めるしかない。

「では、出発いたします」

従者は外にいる護衛と頷き合ってからドアを閉め、レーアの斜め前に腰を下ろした。侍女も反対側の斜め前に座る。

普通の馬車より広いと言っても、両斜め前に人がいるのはなんだか落ち着かなかった。

レーアはそっとヴェールを下ろし、マーガレットの刺繍部分をなぞるように触ってから、大きく深呼吸をする。

――大丈夫。

声に出さずに呟き、なんとか心を強く保つ。

これからどうなるのか不安だった。

でも、きっと大丈夫。大丈夫。

そう自分に言い聞かせ、レーアは窓の外をじっと見つめた。

❀　❀　❀

ストラシエン国コンチャトーリ侯爵邸にて。

侯爵はワイングラスを片手に、そわそわと窓の外を見ていた。

夜の帳《とばり》が下り、大量に焚《た》かれた松明《たいまつ》の明かりが広い庭園を照らしている。贅沢を尽くしたその庭は彼の自慢であった。

今日から妻になる予定の伯爵令嬢は、植物を育てるのが趣味という変わった娘だと聞いた。若くて美しいのに、背中に大きな傷痕があるために今まで縁談がまとまらなかったらしい。

若くて美しい女性は好みだ。

できれば豊満な身体のほうが良いが、肌が白ければ細身でも構わない。多少傷があっても、どうせこの先新しい傷が増えていくのだから気にはならなかった。

「まだ到着しないのか……」

無事に花嫁を馬車に乗せて出発したと早馬が報せてきたのは昼過ぎだ。だからそろそろ着いても良い頃なのに、迎えの馬車はまだ戻って来ない。

夜道は危ないから花嫁をどこかで一泊させたほうが良い、という側近の申し出は却下した。コンチャトーリ侯爵は、一秒でも早く妻を娶《めと》りたいのだ。

到着したらすぐに寝室に通すように命じており、今か今かと待ちわびていた。

必要な道具は、すでにベッドサイドに準備してある。久しぶりに楽しめるので、結婚が決まった日から気分が高揚し続け、そろそろ我慢の限界だった。

デュマルク国からわざわざ連れて来ることになった令嬢は、コンチャトーリ侯爵にとって三人目の妻となる。

待ちに待った花嫁だ。

最初の妻は父から宛てがわれた同じ国の貴族の娘だったが、おとなしくて従順でつまらない女であった。結婚して数年で、虐め甲斐のないまま死んでしまった。

二番目の妻は、気が強くて豊満な体つきの良い女だった。活きが良くて長い間楽しむことができた。

前妻が亡くなってもう十五年以上経つ。

その前妻が死去した時、相手方の家にかなり騒がれてしまったので、三人目は他国の厄介者の娘を娶ることにしたのである。

今までの妻たちは病死したことになっている。ちゃんと医師に診断書も書かせて証拠として提出したのに、前妻の家の者たちは余計な詮索をしてきた。

わざわざ地位の低い貴族から娶ってやったというのに、侯爵である自分に嫌疑をかけるとはなんとも恩知らずなことだ。

たとえ死因が何であろうとも、自分が病気だと言えば病気なのである。なぜそれが分からないのか。この世界では、有力な貴族たちの弱みを握っている者が勝者なのだ。

貴族たちは日々鬱憤《うっぷん》を溜めているせいか、同じような趣味を持っている者は意外と多い。そういう者をこちら側に引きずり込めば、そのことを秘密にする代わりに言いなりになるので便利である。

コンチャトーリ侯爵はワイングラスをテーブルに置くと、ベッド脇に用意していたものを手に取った。

それは、特注で作らせたよくしなる鞭だった。他にも、拘束用の首輪や足枷、鎖、縄、目隠し、蝋燭などもある。もっと調教が進むと違う道具を使うが、それは棚の中にしまってある。

ひとまず今夜はこの鞭で愉しむのだ。想像するだけで興奮する。

若く美しい娘が恐怖に顔を歪ませるのを見るのが好きだ。生意気な娘だと尚良い。気が強い女を屈服させることが快感なのである。

少しやり過ぎて壊してしまうこともあるが、壊してもいい少女たちを用意させているので問題ない。

妻の座が空いている間は、身寄りのない少女が何人もここに来た。大金を払って秘密裏に買っているし、騒ぐ親もいない少女たちなので、妻とは違って遠慮なく好き勝手に扱えるのが良かった。

自国の娘たちだけではすぐに目をつけられてしまうので、二番目の妻が亡くなった後は他国の娘を密かに買い取っていた。

その仲介役には、没落して路頭に迷っていた貴族の娘を使った。

野心に満ち溢れていたその女は、自分の趣味を知っていたのか、好みの少女を献上してきた。金目当てなのは分かっていたので、〝気まぐれ〟という体《てい》で援助してやっていたというわけだ。

しかし、多数の孤児たちが行方不明になったと騒がれるようになってしまったため、容疑をかけられる前に女を隣国へ逃がした。女が捕まれば自分のことを話してしまう危険があったからだ。わざわざもみ消すのが億劫だった。

すると女は、今度は隣国から少女たちを送ってくるようになった。だがそれに喜んでいられたのも数年前までだ。

今度は隣国の人間に身辺を嗅ぎ回られるようになってしまった。尻尾を掴まれないように、ここ数年は次から次に少女を買い漁《あさ》るという目立った行動をせずおとなしくしていた。

そうしたら、隣国の厄介者の伯爵令嬢を妻にと勧められた。孤児の少女ではなく、結婚できない貴族の娘を娶ってやるのなら目をつけられることはないだろうと女は言った。

しかし、騒がれないよう穏便に娶らせるためなのか、娘の父親を説得するのに二年近くもかかっていた。

その間、やきもきしながら待った。強硬手段に出たくもなったが、数年前に国王が代替わりして規制が厳しくなっていたので、ここで隣国の貴族と問題を起こすのは得策ではないと我慢した。

そんな経緯もあり、花嫁が来るのを待ち望んでいたのだった。

「すぐに壊れてしまう女でなければいいがな」

ぴしりと鞭を振るいながら、再び窓の外を見やる。すると、門の付近で数人の使用人が慌ただしく動き回っていた。

「来たか……！」

年甲斐もなく胸が高鳴った。

いそいそと鞭を置き、ワインを一気に呷ると、花嫁を迎えるために身支度を調える。

こんなにうきうきとした気分になるのは何年ぶりだろうか。

さて、どんなふうに虐めてやろうか……と考えながら待っていると、しばらくしてからノックの音が聞こえてきた。

入ってきたのは、最近お気に入りの従者だ。銀髪のこの男は、若いのに気が利いて何事もそつなくこなすので重宝している。

少し前、偶然手に入った女を、性行為に及ぶ前に道具で虐め過ぎて殺してしまったことがあった。その時、緊急の用事だと言って部屋に入ってきた男が女の死体を見て、『わたしにお任せください』と言って手際よく処理してくれたのである。

それまでは、この屋敷から逃げ出せないようにしている男の奴隷たちに死体の後始末をさせていた。動かなくなった女を奴隷たちは憐みの目で見ていたが、この男は平然とした様子で女を担いでいった。そんな肝の据わった態度が気に入って近くに置くことにしたのである。

だから今回、この信頼できる男に、花嫁をここに連れて来るように命じたのだ。

命令通り、従者は花嫁を伴っていた。

「レーア様をお連れ致しました」

従者の後ろから寝室に入って来たのは、分厚いポンチョを羽織った女だった。

隣国と比べると寒いのか、女は厚手のポンチョをなかなか脱ごうとはしなかった。その下にコンチャトーリ侯爵が贈った花嫁衣装を身につけているのだろう。

顔を覆うヴェールが贈ったものとは違うような気もしたが、従者が用意した花嫁衣裳一式をちらりと確認しただけだったので気のせいかもしれない。

正直、衣装自体には興味はないのだ。そんなことはどうでもいい。肝心なのは中身だ。

「ご苦労。お前は下がっていい」

従者に声をかけると、彼は一礼して部屋を出て行った。

侯爵という立場ゆえに恨まれることも多いため、この寝室と隣の私室は普段は警備を厳重にしているが、今夜は思う存分愉しむため誰も寝室に近づかないように人払いをしてある。その代わり、屋敷周辺の警備は人を増やして強化したので安全だろう。

寝室に残ったのは、ドアの前で身を小さくしている花嫁だけだ。

コンチャトーリ侯爵は、花嫁の全身を舐めるように観察した。

ヴェールで顔は見えないが、女は聞いていた以上に背が高いようだ。ポンチョのせいで分かりづらいが、全体的にあまり肉がついていないので、豊満とは言い難い身体をしていた。

まあ、これはこれでいいだろう。

まだ十代なのだ。たくさん食べさせて肉をつければいい。成長する過程を楽しむのも一興である。

「さあ、こちらにおいで」

ドアの前で俯いている花嫁に近くへ来るように呼び掛ける。しかし花嫁はその場から動こうとしなかった。

浮いた話もなく毎日土いじりばかりしている娘だと聞いていたので、きっと生娘なのだろう。初めて抱かれるのだから、緊張しているに違いない。

寛容なところを見せようとしばらく待ってみたが、花嫁は微動だにしなかった。根負けしてしまったのはこっちだった。

「よく来てくれたね。君は今日から私の花嫁だ」

コンチャトーリ侯爵はそう言って、コッコッと足音を立て、花嫁を迎えに行く。

そして、緊張しているらしい花嫁に手を伸ばし、顔が見えるようにヴェールを上げようとした。

だが、花嫁は一歩後ろに下がって、侯爵の手を躱してしまう。

恥ずかしがっているのだろうか。

侯爵はもう一度花嫁に手を伸ばす。すると今度は、花嫁が侯爵を誘うようにゆっくりとした足取りでベッドのほうへ向かった。

ほほう。自分からベッドに誘うか。

生娘だとばかり思っていたが、もしかしたらなかなかにしたたかな娘なのかもしれない。

侯爵はにやりと笑い、花嫁に誘われるままベッドに近づいて行った。

❀

❀

❀

コンチャトーリ侯爵のぶくぶくと太った手が、顔を覆うヴェールに触れそうになった。

花嫁は、一歩後ろに下がってそれを避ける。

そしてまた侯爵が伸ばしてきた手を避けるために、今度はゆっくりとした足取りで移動した。

ひらりひらりとすんでのところで侯爵の手を躱し、最終的に行きついたのはベッドの傍だった。

「そう急かすな」

何を勘違いしているのか、侯爵は嬉しそうな声で両手を広げて抱きしめてこようとした。

ひどく汚らしいものが近づいてきた気がして、その手をバシッと思い切り跳ねのける。

「な、何をする……！」

思った以上に力を込めてしまったらしい。侯爵は痛そうに手を握り込んで、怒りの形相をしている。

「触るな」

低く、吐き捨てるような声が出た。

「……っ！　お前、男か……！」

やっと気がついたらしい侯爵に、エイナルはヴェールを上げて顔を見せてやる。すると、侯爵は垂れ気味の目を大きく見開いた。

エイナルの顔を見て、侯爵はなぜか戸惑っているようだった。レーアに似せるために化粧をしてカツラも被っているので、顔だけ見れば女性に見えるのかもしれない。

エイナルは男にしては細身で、がっしりとした肩幅と筋肉質の腕が隠れるポンチョのおかげでここまで気づかれずに来られた。しかも、声を聞くまで男だと分からなかったのなら、エイナルの変装術もたいしたものである。

「花嫁はどうした!?」

「さあな」

素っ気なく答えながら顔をベッドに向ける。

驚きの表情でこちらを見ている肥えた男の脇に、物騒なものが置いてあるのだ。

ここへ通された直後に部屋中をくまなく観察して目に入ってはいたが、ヴェール越しではなくはっきりとその目で見ると悪趣味極まりないのがよく分かる。

嫌悪感を隠すことなく、エイナルはすっと目を細めた。

「あれで何をするつもりだった？」

嗜虐趣味の人間からすれば、ベッドの上にあるのは初歩的なものなのだろう。それでも、犯罪者相手でもないのに拘束具や鞭を喜々として使おうとする心理が理解できない。

この拘束具でレーアの動きを封じ、鞭で打とうとしたのか。この何に使うか分からない道具の数々でレーアを痛めつけて、泣かせて、苦しむ様子を見て愉しむつもりだったのか。

考えただけで吐き気がする。こんなおぞましいものは、レーアは一生知らなくていい。

エイナルは蔑んだ目で侯爵を見る。

「お前には関係なかろう！　おい、誰か！」

わなわなと震え出した侯爵は、ドアに向かって叫んだ。けれど、人払いしているせいで声は誰にも届いていないようだ。

それに気づいたのか、目の前にいるエイナルの肩を押しのけるようにして、侯爵はドアへと駆けて行く。

「侵入者だ！　誰か捕らえろ！」

廊下に侯爵の声が響き渡る。エイナルはそれを黙って見ていた。

あの汚い手がレーアを痛めつけようとしていたのかと思うと、この男を今すぐにでもこの世から消し去りたかった。

まだエイナルはこの手で人を殺したことはないが、この男の命を奪うことは今なら簡単にできるだろう。

だが、すぐに殺しはしない。なるべく痛みと苦しみが続くやり方が罪深いこいつには相

応しい。

一番苦痛を味わわせる殺害の仕方を考えていると、ドアの向こうから屈強な男が三人顔を覗かせた。

屈強な短髪の男と、背の高い細目の男、そしていかにも筋肉自慢の横にでかい男だ。

「どうされましたか？」

リーダー格らしき短髪の男が、侯爵に尋ねる。馬車に同行していた護衛の男だ。

「賊が花嫁のフリをして入り込んだ！　すぐに追い出せ！」

三人はエイナルの姿を確認すると、素早く部屋の中に入り、こちらに手を伸ばしてくる。

エイナルは最初に向かってきた細目の男の手を腕で払うと、鳩尾《みぞおち》に肘を叩き込んだ。

「……ぐっ……！」

男は一瞬怯んだが、すぐにエイナルの顎目掛けて拳を振り下ろしてくる。反射的に身体を反らしてそれを避け、後ろに重心が傾いた反動を利用し、回し蹴りを繰り出す。

裾の長いスカートが邪魔で多少威力は落ちたが、どっと鈍い音をさせて男の脇腹を蹴り飛ばした。

細目の男が床に倒れ込んだので、すかさずスカートの中から取り出した短剣を鞘から抜き、男の足に突き刺した。

「ぐあっ……！」

悲鳴を上げる細目の男から離れようとした次の瞬間、筋肉男に後ろから羽交い絞めにされる。

「お前は何者だ！　花嫁はどうした⁉」

筋肉男がエイナルを放すまいと骨が折れそうなほど締めつけてくる中、正面に立った短髪の男が鋭い声で訊いてきた。

この男は、馬で並走してずっと馬車に付き添っていた。だからこそ、なぜ花嫁が男になっているのか訳が分からないのだろう。

ニーグレーン伯爵邸で馬車に乗ったのは本物のレーアだ。男は、彼女の顔を見ているし声も聞いているはずだった。

それなのに、今ここにいるのはエイナルなのである。

「おい、言え！」

何も言わないエイナルを筋肉男がぎりぎりと締め上げた。

短髪男は、暴力で口を割らせようと思ったのか、険しい顔で腕を振り上げる。エイナルはその瞬間、筋肉男の腕に素早く全体重をかけ、短髪男の腹部に両脚を繰り出し、力いっぱい蹴り飛ばした。

筋肉男の体幹のおかげで、全体重をかけて蹴り出すことができたため、短髪男の身体がぐんっと後ろに飛ぶ。

間髪を容れず、エイナルは呆気に取られた筋肉男の腕をぐっと掴み、ドレスの胸元から取り出した細長い錐《きり》に似た凶器を突き刺した。

「……っ!!」

痛みで力が緩んだので、腰を落として筋肉男の腕からするりと抜け出す。

今男に突き刺したのは、痺れ薬が塗ってある武器だ。細目の男に刺した短剣にも、同じ薬を塗ってある。

戦うことを生業としている男たちに腕力や技術で勝てるとは思っていない。エイナルは、花嫁衣裳の下に他にもたくさん武器を仕込んでいた。

レーアが馬車に乗った時に一度身体検査をしたので油断していたのだろう。まさか花嫁が入れ替わっているとは考えなかったらしく、屋敷に着いてからは一度も身体を触られなかった。

コンチャトーリ侯爵は、警戒心が強いわりには詰めが甘い。

「このやろう……!」

起き上がった短髪男が、剣を抜いてすさまじい勢いでエイナルに向かってきた。

エイナルは、筋肉男に突き刺した武器を短髪男の顔を目掛けて投げつける。短髪男がそれを避けている隙に、身体を捻って剣の軌道から逸れ、直接男の手首を掴み上げた。

剣を叩き落とすことに成功したが、短髪男はすぐさま蹴りで攻撃を仕掛けてきた。腕でそれを受け止めて払い、エイナルも回し蹴りを繰り出す。

短髪男がエイナルと同じように腕でいなそうとしたので、エイナルはにやりと笑う。次の瞬間には、エイナルの靴のつま先が男の腕にガッと突き刺さった。

「うっ……!?」

驚いたように目を見開きながらも、男はエイナルに拳を突き出してきたが、それが届くことはなくガクッと膝をつく。そのままぐらりと身体が床に倒れ込んだ。

三人の男が起き上がってこないことを確認して、エイナルはほっと息を吐いた。靴にも暗器を仕込んでいて良かった。

「何をしとるんだ、貴様ら！」

屈強な男たちが立ち上がれずに身体を震わせているのを見て、侯爵は顔を真っ赤にして怒り出した。

「早く起き上がってこいつをどうにかしろ！」

無茶なことを言う。男たちは薬のせいでもう戦闘不能だ。

普通の貴族なら、護衛が戦っているうちに逃げ出すというのに、この侯爵は〝賊〟がいるこの部屋にまだ留まっている。

この屋敷にいれば安全だと思い込んでいるせいだ。呼べばすぐに他の護衛たちも駆けつけてくることを疑っていない。

確かに、この屋敷の警備は厳重だった。エイナルが〝花嫁〟でなければ入り込めないほどに。

「この能無しの金食いどもが！　貴様らはもうクビだ！」

侯爵は、倒れている男たちを蹴り上げて、ドアの外に声をかけた。

「誰か！　誰かいないか！　すぐに来い！」

大声で呼ぶと、しばらくしてから足音が聞こえてきた。

エイナルは侯爵がすることを黙って見ているだけだ。この男を捻り潰すのは簡単だが、まだそうするわけにはいかないのである。

「お呼びでしょうか？」

侯爵の叫び声を聞いてやって来たのは、警備の人間ではなく、エイナルをここまで連れて来た銀髪の従者だった。

人払いをしていたせいで、もうこの部屋の付近に警備の人間はいないのだろう。

侯爵は従者の顔を見ると、怒りが爆発したようにドンッと壁を叩いた。

「おい、お前！　こいつは男だ！　確かめなかったのか！　花嫁を連れて来いと言っただろう！　どういうことだ、この役立たずが！」

「申し訳ございません」

怒鳴り散らす侯爵に、従者は顔色も変えずに謝罪した。

「さっさとこいつを捕まえろ！」

侯爵がエイナルを指さすと、従者はちらりとこちらを見た。彼の切れ長の目が細められたが、その場から動く様子はない。

「何をしている！　早くこいつを捕らえろ！　そしてすぐに私の花嫁を連れて来い！」

従者がエイナルを捕らえようとしないので、侯爵は癇癪を起こしたように騒ぎ立てる。

この男の花嫁なんてどこにもいない。レーアはエイナルと結ばれるのだから。

エイナルが射殺すように侯爵を睨みつけていると、従者は廊下を振り返り誰かに向かって手招きした。

それに応じて姿を見せたのは、白いワンピースを着た長い髪の女だった。赤茶のその髪は、癖毛なのかくるくるとしていて特徴的だ。

「花嫁とは……彼女のことですか？」

従者が問うと、侯爵は訝しげに女を見た。すると次の瞬間、顔を真っ青にして後退る。

「……お前は……この間の……！　死んだはずだろう……！」

怯えた様子の侯爵に、女がにたりと微笑んだ。

「ええ。あなたのむごい仕打ちのせいで死んだ女です。道具の使い方があまりに下手くそだったので、冥界より蘇ってきてしまいました」

自らを死んだ女と称する彼女は、顔が異様に青白く、肌には痛めつけられた痕が残っていて痛々しい。

「馬鹿な……！　おい、この女の始末をつけたのはお前だろう！　生きていたのか！　それならなぜ私に報告しなかった！」

「報告の代わりに、こうして連れて来ました」

侯爵は従者を指さし責め立てたが、従者は涼しい顔で答えた。

こういう人を食ったような態度のほうがこの人らしい。本当はこの人のほうがエイナルよりよほど好戦的なのに、侯爵の横暴な態度を受け流しているのが不思議だった。

この銀髪の従者は、実はヴィーの部下であり、エイナルの先輩である。コンチャトーリ侯爵のことを調べるために何ヵ月も前からこの屋敷に潜入していたグレンという男だ。彼が侯爵の悪事を調べ、逐一ヴィーに報告していたのだ。

侯爵がデュマルク国の貴族と不穏な繋がりがあるということで調べていたのだが、偶然にも人身売買に関わっていることも発覚したうえ、レーアの件もあって、こうしてエイナルたちも動くことになったわけである。

有能なグレンは、早々に侯爵に気に入られていたので、レーアの花嫁衣裳の準備も任されていた。だから、同じ衣装をエイナルのサイズですぐに用意できたのだ。ヴィーの作戦を聞いてから数日で仕上げてきた時は、この人は作戦の先読みをしていたのではないかとも疑った。

ちなみに、今エイナルが被っているこのヴェールは、レーアに贈ったマーガレットの刺繍がしてあるものだ。エイナルも似たようなものを用意していたのだが、入れ替わる時にレーアがこれを被せてくれた。

顔を隠すのにちょうどいいのもあるが、お互いに『どうか無事で』という気持ちで相手に託したものだ。だから、無事にレーアのもとに戻って彼女に返すのがエイナルの使命だ。

赤茶の髪の女は、侯爵の性癖を確認するために送り込まれたその道のプロだ。どんなプレイにも対応可能で、どの程度痛めつけられたら人が死ぬか心得ているため、頃合いを見て死んだふりをした。そして彼女をグレンが助け出したのである。

その後は密かに侍女として潜り込み、レーアを迎えに行った馬車に同乗していた。

こうしてわざわざ侯爵に殺されたふりをした時のワンピースに着替えて、白い化粧をし、編み上げていた髪まで解いているのは彼女なりの演出なのだろう。

こういう特殊な人材が仲間にいるのは、誰とでも仲良くなるヴィーの人望によるものだ。

ただ、そのせいでエイナルの周りには癖の強い女性しかいない。だから余計に、レーアの純粋さと心の綺麗さに惹かれるのだろう。

レーアのことはミカルに任せているので心配はないが、侯爵のように腐った人間の相手をしていると、早くレーアに会って浄化されたいと思ってしまう。

レーアは、エイナルにとってなくてはならない存在だった。

そんなふうにエイナルがレーアに想いを馳せている間も、侯爵は何事か叫んでいた。だが、この場にいる侯爵以外の人間は、みんな白けた顔をしている。

そのことにやっと気づいたらしい侯爵は、慌てて廊下に飛び出した。

「おい！　誰か！　誰かいないのか！」

助けを求めて大声を出すが、まったく反応がない。常に使用人たちが動き回っているであろうこの広い屋敷内はなぜかしんっと静まり返っていて、そのひと気のなさが異様だった。

さすがにおかしいと思ったのだろう。侯爵は廊下を走り出し、エイナルたちもその後を追った。

❀　❀　❀

エイナルたちが侯爵を追いかける数時間前。

レーアは宿屋にある個室でミカルと向かい合っていた。

数人の強面の男性が外にいるらしいが、この個室にいるのはレーアとミカルだけだ。

エイナルが用意したというドレスに着替えたレーアは、花嫁衣裳を脱いだことで小さな解放感を味わっていた。靴も低いものを選んでくれたので、疲れが軽減されている。

こうして落ち着く一時間ほど前まで、レーアは馬車に揺られていた。

不安な気持ちで流れる景色を見ていたのだが、迎えの従者と侍女は仲間だとエイナルから聞いていたので、幾分か気を落ちつけることはできた。

それでも、その二人以外は侯爵側の人間なので、余計な話はできなかった。御者に話を聞かれても困るし、馬で後をついてきた護衛も、たまに並走して馬車の中の様子を窺っているようだったからだ。

レーアは馬車に乗る前に護衛と御者にしっかりと顔を見せ、彼らの前で身体検査も受けて何も持っていないことを印象付けた。

そして、『国境にあるこの宿屋の手前で具合の悪いふりをして、そこで休憩をとる』という手はず通りに振る舞った。寝不足で本当に少し気分が悪かったのもプラスに働き、怪しまれず動くことができた。

一度コルセットを緩めたほうがいい、という侍女の申し出により、宿屋に個室を用意してもらい、レーアと侍女以外は外に出てもらった。

そして隠れていたエイナルと入れ替わったのだ。

細身だと言っても、やはりエイナルのほうが肩幅はあるので、護衛たちがそれに気づかないように従者が用意してくれたのがポンチョだった。レーアが高いヒールの靴を履いていたのもエイナルの身長を誤魔化すためだ。

ポンチョをすっぽりと被れば、ぱっと見で違いはほとんど分からなくなった。

むしろ、化粧をしたエイナルはレーアよりよほど美人なので、もし顔を見られたらすぐに別人だと見破られてしまうという心配はあったけれど、それもヴェールが隠してくれる。

そのヴェールは、エイナルは別のものを用意していたのだが、レーアはそれをとって自分が着けていたものを被せた。

エイナルが『約束の印』としてレーアにくれたものなので、自分が一緒に行けない分、お守り代わりにそれを持っていてほしかったのだ。

レーアがそのヴェールに勇気をもらっていたように、エイナルにも加護があればいいと思った。

『どうか、ご無事で』

万が一のことを考えて会話はしなかったのだが、その一言だけはどうしても言いたくてエイナルの耳元で囁いた。

するとエイナルはぎゅっとレーアを抱きしめてくれた。彼が知るはずはないのに、図らずもそれは、昔、父や母とよくしていた約束のハグだった。

『必ず』

短い言葉だったけれど、レーアには十分だった。

侍女と一緒に出て行ったエイナルは、なるべく自分を小さく見せるためなのか少し猫背になっていたけれど、それがとても具合が悪そうに見えて不審は抱かれなかったと思う。

レーアはエイナルたちが馬車に乗って離れていくまで、息をひそめて個室で丸くなっていた。そしてそこにミカルが現れたのだ。

『お疲れ様でした。そんなに不安そうな顔をしなくても大丈夫ですよ。エイナルも他の仲間たちも優秀ですから』

物腰の柔らかいミカルはそう言ってから、笑顔でレーアに自己紹介をしてくれた。

彼はエイナルの親友であり同僚でもあると聞いていたので、レーアは安心して挨拶をすることができた。

レーアを任せられるのは、誰よりも信頼できる彼しかいないとエイナルが言っていたのだ。

ミカルは、現在の状況を説明してくれた。

エイナルの変装は護衛たちには見破られていなかったということ、個室の外には強面だが頼りになるミカルの同僚が数人いるから安心だということ、侯爵側の人間はこの周辺に潜んでいる様子はないこと、明日になればエイナルたちは仕事を終えて戻って来るだろうということ。

それらを聞いて、レーアは安堵しながらも疑問が増えていた。

コンチャトーリ侯爵は数々の罪を犯しているので、彼を捕まえるためにこの結婚を利用したいとエイナルは言っていたけれど、国を越えて捕まえる権限はあるのだろうか。

それに、そのことでさらに気になったのだが、エイナルの本職はいったい何なのだろうか。

そして、見るからに貴族のミカルと同僚で親友だということは、エイナルもやはり貴族だったりするのだろうか。

エイナルからこの計画を提案された時は、レーアが触れてほしいとねだったばかりに彼にも時間がなくて、最低限のことしか聞けなかった。だから、今さらながらエイナルについての謎が深まってしまったのだ。

「落ち着くまで、あなたには私の家にいてもらいます」

ミカルは優雅な仕草でお茶を飲みながら言った。

温和な彼を見ていると、他国の侯爵を捕まえる計画の真っ最中だということを忘れてしまいそうだ。

しばらくミカルのところに身を隠していてほしいとエイナルにも言われていたので、

レーアは小さく頭を下げた。

「はい。エイナルが、一番安全な場所だと言っていました。お世話になります」

恐縮するレーアに、ミカルは安心させるように優しく微笑んでくれた。

「私の妻はエイナルの妹ですから、きっと良い話し相手になります。退屈はしないと思いますよ」

「そうなのですね。妹さんが……。それはとても心強いです」

エイナルに妹がいるなんて初耳だったため、レーアは驚いた。すると、ミカルは少しの間笑顔のまま固まり、はあ……とため息を吐き出した。

「……そんなことも言っていなかったのですね、エイナルは。あいつ、どこまで言葉が足りないんだ……」

後半は独り言のような呟きだったため聞こえづらくてレーアが首を傾げると、ミカルは何でもないというように手を振った。

「エイナルは口下手なので、あなたにきちんとした説明ができていないでしょう。だから、私から詳細をお話しさせていただきますね」

❀
❀
❀

時は戻り、コンチャトーリ侯爵邸。

「誰か！　早くこいつらを捕らえろ！　おい！　誰もいないのか！」

どたどたと騒がしい足音を立てて侯爵が屋敷内を走り回っている。それを追いかけながら、エイナルはドレスの走りづらさに辟易《へきえき》していた。

こんなものを着て日々活動している女性たちはすごい。素直に感心する。

「おい！　誰か！　早く誰か出て来い！」

日頃なら、そこら中に使用人たちや警備の人間がいるのだろう。それなのに、いくら呼んでも誰も反応しないことに侯爵は焦りを感じているようだった。

どすんどすんと重い身体を跳《は》ねさせて階段を下りた侯爵は、ホールにずらりと人が並んでいるのを見て足を止めた。

「誰だ！　貴様ら！」

この屋敷の使用人ではない彼らに、侯爵は眉を上げる。すると、ホールの中央に立っていた人物が、金色の髪をなびかせてこちらに向かってゆっくりと歩いてきた。

ヴィーである。

いつも笑みを浮かべているその顔は表情が消えていて、凍てつくように冷ややかに見える。

「貴様ら！　ここがどこか分かっているのか！」

言われなくても承知している。必要以上に厳重に警備されたコンチャトーリ侯爵邸だ。どれだけ恨みを買っているのか知らないが、城並みに警備しなければならないほど悪事を働いているのだろう。

それにしても、よくこんなに喚《わめ》き続けられるものだとエイナルは小さくため息を吐いた。

一人で騒ぎ立てていた侯爵は、威圧感たっぷりに近づいてきたヴィーに、突然手を振り上げて襲い掛かった。

すぐに暴力を振るおうとするわりには、ひどく緩慢な動きだ。肥満が原因だろうが、もともと運動神経も鈍そうである。

「あら」

グレンが間の抜けた声を出すのを聞きながら、エイナルは力強く床を蹴った。拳がヴィーの顔に届く寸前に、素早く侯爵の腕を摑んで捻り上げる。

「くっ……！　何をする！　私にこんなことをしてタダで済むと思うな！　すぐに国の軍隊を呼んで捕らえてやるからな！」

確実に不利な状況だというのに、侯爵は強気な態度を崩さない。

腕を捻り上げるだけでは不十分な気がして、エイナルは侯爵の足を払って太い身体ごと床に捻じ伏せ、頭に体重をのせて、そのうるさい口を塞いだ。

「捕まるのはお前だ」

吐き捨てるように言うと、それまで黙っていたヴィーが侯爵を冷めた目で見下ろし、口を開いた。

「私は、デュマルク国第二王子スレヴィだ」

いつもの調子のいい人懐っこさはない。威厳に満ちた振る舞いで、ヴィーは一瞬にしてその場を支配した。

空気が変わる、というのはこういうことなのかとエイナルは感心する。

「デュマルク国の王子……？　他国の王子が何の用だ？　私にこんな無体を働いて、ストラシエン国が黙っていないぞ！」

全体重をかけて押さえつけているというのに、侯爵の口はまだ減らない。余計な肉が多過ぎて、圧迫しきれていないのか。

それに、他国のとはいえ王族を殴ろうとした時点で大問題を起こしているというのに、この男はなぜこんなに楽観的なのだろうか。この場で処刑されても文句は言えない状況だ。自国で権力を持ち過ぎて、感覚が鈍っているのかもしれない。

侯爵の無礼な物言いを無視して、ヴィーは静かに告げる。

「コンチャトーリ侯爵、貴殿の身柄を拘束する」

「どういうつもりだ！　他国の人間がそんなことできるわけがないだろう！」

床に顔面をつけたまま、侯爵は懸命にヴィーを睨もうとしている。全身に力を込めてエイナルを跳ねのけようとするが、簡単に解けはしない。

ヴィーは感情の読めない表情で、ただじっと侯爵を見下ろした。

これが王子の顔なのか。黙って見つめられるだけで、エイナルですら畏怖の念を抱いてしまう。

もちろん、ヴィーが王子なのは百も承知だ。けれど、こうして実際に〝王子〟として目の前に立たれたことはない。ずっと〝ヴィー〟としての彼としか会ったことがなかったのだ。

ヴィー改めスレヴィ王子は、僅かに目を細めてから沈黙を破る。

「我が国の貴族を脅して悪事を働いた件、我が国の孤児を誘拐した件、数多くの女性を殺害した件、そしてそこにいる女性の殺人未遂の件、すべての証拠は揃っている」

その言葉に一瞬びくりと反応した侯爵だったが、すぐに強気な態度で笑った。

「その証拠とやらを見せてみろ！」

往生際の悪い侯爵に、淡々とした口調でスレヴィ王子は告げる。

「まず、殺人未遂の件はそこにいる彼女が証人だ。そして女性たちの殺害については、この屋敷の下男が証人となった。白骨化した遺体も大量に出てきている。それから、我が国の人間が行方不明になっていた件だが、ヤルミラという女から我が国の孤児を買っていた証拠書類、我が国の貴族を脅して金銭を要求していた証拠もここにある」

いつの間に手にしていたのか、スレヴィ王子は束になった書類を突き出した。侯爵にこれが見えるように、エイナルは僅かに拘束の力を緩める。

「それは……！」

寝室の隣にある侯爵の私室に隠してあったものだ。エイナルが侯爵と護衛たちを引きつけている間に、警備が手薄になった私室に忍び込んだグレンが手に入れたのだ。どんなに厳重に保管されていようとも、グレンの手にかかれば造作もないのである。

スレヴィ王子とその部下たちが屋敷を制圧できたのも、花嫁を迎え入れるために屋敷周辺の警備を増やして強化したせいだ。強化要員としてスレヴィ王子の手の者が複数潜入できたため、手引きが楽だった。

それにしても、なぜ犯罪の証拠を隠滅しておかなかったのかと思うが、誰かに罪を擦《なす》りつける時に必要になるからなのだろう。

それに、侯爵と同じように少女を買っていた共犯者を脅すための材料にもなると考えたに違いない。とにかくろくな理由からではないことは確かだ。

「他にも、我が国の貴族だけでなく、ストラシエン国の貴族たちからも貴殿に脅されているという証言を得た」

「そんなはずは……！」

追い打ちをかけるように告げられ、侯爵は大きく目を見開いた。

「そのため、ストラシエン国王は貴殿を捕らえることを承諾した。しかるべき罰を受けてもらう」

言い終わると同時に、スレヴィ王子はエイナルに目配せをした。

エイナルは小さく頷いてから、重たい侯爵を無理やり立たせ、スレヴィ王子の部下たちに手渡す。

脅していた貴族たちの裏切り、それに国王もすべてを承知だと知った侯爵は、自分は国に見放され、どうにもならないと悟ったらしい。おとなしく連行されていった。

ああいう人間がいるから、どこの国も正義を貫けない。

スレヴィ王子がエイナルたちのような人間を集めて内偵活動をしているのは、次期国王であるスレヴィ王子の兄が、腐敗した貴族がのさばっていることを許せない正義感の強い人物だからである。

スレヴィ王子は、兄と国のために、デュマルク国の腐敗を取り除こうとしているのだ。

今回の件は、隣国を巻き込んでの大ごとになってしまったが、隣国の王も侯爵の扱いに困っていたらしいし、ストラシエン国王はスレヴィ王子とデュマルク国に感謝すべきだ。

まあ、ストラシエン国に貸しができただけでもスレヴィ王子は喜んでいるだろうが。

「エイナル」

侯爵が連行されるのを見送っていると、スレヴィ王子がいつの間にか隣に立ってエイナルを見下ろしていた。

「はい」

つい敬語で返事をしてしまう。すると彼はにやりとヴィーの顔で笑った。

「花嫁衣裳が実に似合っているな。俺好みの美人だ。今度から、女装して潜入する仕事もお前に任せようかな」

口調もすっかりヴィーのものに戻っている。

「これはレーアのためだ。二度と女装はしない」

きっぱりと宣言して、エイナルはいつものようにヴィーをじろりと睨んだ。

十一章

厚い雲が月明かりを覆い隠し、闇に包まれた真夜中。

もう初夏だといえどまだ夜は肌寒いが、エイナルは寒さを感じることもなくただじっと待っていた。今夜あたり標的が動くだろうと読んだからだ。

勝手知ったる屋敷の庭で、木陰に身を隠して数時間。標的はやっと姿を現した。

こそこそと裏口から出てきたその人物は、何やら荷物らしきものを持っている。

「どこに行くんだ？」

エイナルが声をかけると、標的はびくりと肩を揺らした。

「っ……！　誰よ、あんた！」

驚きの表情でこちらを見たのは、ニーグレーン伯爵の現在の妻、ヤルミラである。

ヤルミラはいかにも『これから逃げます』という格好だ。暗い色の歩きやすい服装で、金目のものが入っているのであろう袋を持っている。

一人でいるところを見ると、実の娘は見捨てて一人で逃げようとしているのだろう。最低な母親だ。

「お前に名乗る名などない」

冷たい口調に一瞬怯んだようだが、ヤルミラは気丈に睨んでくる。

「コンチャトーリ侯爵が拘束されたことが耳に入ったか？」

エイナルの言葉に、ヤルミラは眉を寄せた。

「な、何のことかしら？」

惚《とぼ》けるが動揺は隠せていない。

所詮小物は小物だ。コンチャトーリ侯爵のようなふてぶてしい悪人も許せないが、この女のように自分勝手な私欲のために他人を陥れたうえ、こそこそと逃げるような輩も許せない。

「レーアを売った金を持ち逃げするのか？」

「……何の話？　そんなお金持ってないわ」

僅かだが声が上擦った。じりじりと後退りして、ヤルミラはエイナルと距離をとろうとする。

もしヤルミラが駆け出しても、エイナルは一瞬で追いつくだろう。それが分かっているから、どうやってエイナルを躱そうか考えているに違いない。視線がちらちらと周囲へ向けられている。

闇夜は身を隠すにはちょうどいいが、自分の視界も悪いという欠点もある。容易には逃げ出せまい。

「あなた、あの子の知り合い？」

隙を作りだそうとでもしているのか、ヤルミラは気安く話しかけてきた。

なぜわざわざこの女に話さなければならないのか。

「知ってる？　あの子、植物の世話ばかりしている変わった子なのよ。父親に見放されて、寂し過ぎておかしくなっちゃったのかしら。植物になんて逃げても何の得にもならないのに」

エイナルが何も言わずにいると、ヤルミラは調子に乗って一人で話を進めていく。

「まあ、少しは価値のあるものもあったみたいだけど。それでもたいした額にはなりはしないのに、あんなものを育てて土まみれになるなんて馬鹿みたいよね」

言いたい放題だった。

レーアを馬鹿にして、エイナルが共感するとでも思っているのだろうか。それとも隙をつくろうとしているのか。一番言ってはいけない相手に、この女はぺらぺらと無駄口を叩いている。

「レーアは植物に逃げたんじゃない。思い出を大事にしていたんだ」

エイナルは静かに訂正した。けれど、ヤルミラには意味が分からなかったらしい。小馬鹿にしたようにハッと笑った。

「同じことでしょう？　植物なんかに寂しさを埋めてもらっていたってことよね？　可哀想な子」

分かってはいたが、この女には何を言っても無駄なのだ。

心が貧しい人間には、レーアのような善人の心を理解することはできないのである。レーアがいつも心から楽しんで植物を育てていることを、損得勘定で行動しているわけではないことを、想像すらできないのだろう。

本当に可哀想な人間は、この女のほうだ。

我欲のために平気で人を売り、贅沢のために他人から金を搾取する。そうやって一生金に振り回されて生きていくのだ。

そのためなら腹を痛めて産んだ子すら捨てていく。自分のことしか考えていないから、まともな愛なんて知らないに違いない。

なんてつまらない人生だろう。

こういう人間にはなりたくない、という見本のような人物である。

昔からあまり他人に興味のなかったエイナルも、環境が違えばこういうふうになる可能性があったのかもしれない。けれど、レーアと出逢って愛することを知り、他人を尊重するという大切な気持ちを知ったのだ。

エイナルは小さくため息を吐いてから、一歩ヤルミラに近づき、威圧するように顎を上げた。

「二年前のニーグレーン伯爵邸の火事。……首謀者はお前だな」

ちょうど雲に隠れていた月が顔を出したので、ヤルミラが驚愕の表情を浮かべる様がはっきりと見えた。

「……何を言っているの？　そんなわけないでしょう」

コンチャトーリ侯爵関連のこと以外に追及があるとは思っていなかったのだろう。不自然な沈黙の後、ヤルミラは頬を引きつらせながら否定したが、エイナルは冷ややかに続ける。

「逃げた実行犯は捕らえた。他国に逃がしたから捕まらないと思ったか？　残念だったな」

「私は関係ないわ！」

なおも抗うヤルミラをエイナルはさらに一歩追い詰める。

「そいつが全部白状した。貴族に返り咲きたかったお前が、レーアの母親を殺すために仕掛けたことだってな」

「…………」

「犯行方法も事細かに教えてくれたよ。標的を薬で眠らせて、時間差で倒れるように細工した棚の前に寝かせておいたと。棚の中身が割れる音でバレないように細工しろってお前に指示されたとも言っていた」

まだ言い逃れる気でいるのか、ヤルミラは首を振って「違う、違う」と繰り返した。

「棚に挟まれたせいで動けず逃げ遅れたっていうシナリオか。わざわざ他の使用人に『奥様は部屋にいなかった』と言い回らせたのも、誰も助けに行かせないようにするためのお前の入れ知恵らしいじゃないか」

雄弁に語りながら、エイナルは歩を進める。

「それとお前には、コンチャトーリ侯爵に少女を売っていた、いわゆる人身売買の罪もある」

手が届くほどの距離まで近づくと、ヤルミラの目の前に紙の束を突きつけた。ヤルミラがコンチャトーリ侯爵へ送っていた手紙だ。侯爵の保管庫にこれも入っていた。

「ここ数年は少女の行方不明者が格段に減った。我が国の捜査の手が及びそうになって慌てた侯爵が、しばらく取引を中止すると言ったそうだな。それまで侯爵に少女を売り飛ばすことで得ていた収入がなくなったから、伯爵夫人になる必要があったのか？」

「…………」

ヤルミラの顔が真っ青になる。握り締めた拳が小刻みに震えていた。

エイナルは目を細めてその様子を眺めた。

「子どもの養育費をもらうだけでは足りなくなって、ニーグレーン伯爵家の財産を自分のものにしたくなったか。強欲なババアだな」

「バ……！」

エイナルが鼻で笑うと、ヤルミラは怒りで顔を真っ赤にした。

そしてわなわなと震えた直後、懐から短剣を取り出し、それを大きく振り上げて襲ってきた。

コンチャトーリ侯爵といい、この愚鈍な女といい、なぜ勝てもしない相手に挑もうとするのか。エイナルには理解できなかった。

「僕はお前たちを絶対に許さない。地獄を見せてやる」

言いながら、エイナルは半歩下がって短剣を叩き落とし、素早くヤルミラの腕を後ろ手に捻り上げた。

「痛い……！　やめてよ！　放して！　私は何も知らないわ！」

証拠を突きつけても知らないと言い張る往生際の悪さに苛つき、エイナルは掴んだ腕に力を込めた。

「痛い！　痛いって言ってるでしょ！」

ヤルミラは悲鳴を上げた。罪から逃れようとするくせに、これだけのことで音を上げるとは根性がない。

「彼女の痛みや苦しみはこんなものじゃない」

「それ以上やったら骨を折ってしまうぞ」

誰かがふいにエイナルの肩を摑んだ。エイナルと一緒に身を隠していたミカルだ。彼の後ろには、ヤルミラを捕らえるためにスレヴィ王子から派遣された部下たちがいる。まずはエイナルに話をさせてくれたのはスレヴィ王子のはからいだろう。

エイナルはじろりとミカルを睨んだ。

「折るつもりだったが、何か問題があるか？」

「ある。罪を裁くのはお前じゃない」

それを言われたら、腕の力を緩めるしかなかった。

「……分かった」

チッと舌打ちするエイナルに、ミカルは顔を顰める。

「お前、レーア嬢のこととなるとそんなに口数が増えるんだな。驚いたぞ。しかしその口の悪さ、ヴィーのが移ったんじゃないか」

幼少期からの親友に呆れられたが、エイナルにその自覚はなかった。

確かに、怒りで口が滑らかになっていたかもしれない。レーアのこととなると、エイナルは考えるより先にすらすらと言葉が出てくるのだ。

騒ぐヤルミラをスレヴィ王子の部下に渡すと、ミカルがエイナルの肩をポンッと叩いた。

「レーア嬢の前ではあまりそういう言葉遣いはするなよ。あと、その凶暴な顔も見せるな」

そう忠告してから、ミカルはヤルミラを睨む。

「罪は重いぞ。覚悟するんだな」

「何事だ!?」

ミカルの言葉に、誰かが発した大声が被さった。

騒ぎを聞きつけたのか、屋敷から出て来たのはニーグレーン伯爵だった。レーアによく似た顔立ちだが、ひどくやつれてしまっている。月明かりの下だから余計にそう見えるのだろうか。

ヤルミラにそそのかされて娘を売ったことを気に病んでいるのかもしれないが、いくら後悔してもレーアを大金と引き換えにした事実は、決してなかったことにはならない。

「あなた……！」

ヤルミラが縋るように伯爵を見る。すると彼は、ヤルミラが腕を縛られて拘束されているのに気づいて眉を寄せた。

「妻に何をしているんだ？　警備隊を呼ぶぞ」

言いながらヤルミラに近づこうとするが、ミカルがそれを制止する。

「私たちは、デュマルク国第二王子、スレヴィ殿下の直属の部下です。あなたの奥方は、人身売買の斡旋とあなたの前妻殺害の罪に問われています」

「な……!?」

ミカルの言葉に、伯爵は大きく目を見開いた。

「違うわ！　冤罪《えんざい》よ！　あなた、どうにかして！」

ヤルミラが助けを求めるが、伯爵は茫然としたまま動かない。

「この女は、アイニ・ニーグレーン殺しの首謀者です」

エイナルが繰り返すように言うと、やっと意味を理解したらしい伯爵が、唇を震わせてヤルミラを見る。

「……本当なのか？　ヤルミラ」

「違うわ！　私じゃない！」

すかさずヤルミラは否定するが、エイナルは伯爵をまっすぐに見据えて告げる。

「あなたの財産狙いで後妻に収まるために、あの火事を起こし、アイニ・ニーグレーンを殺害するよう仕組みました。その証拠もあります。あなたも、薄々気づいていたのではありませんか？」

「…………」

エイナルの言う通りなのか、伯爵は悲痛な面持ちで黙ってしまった。連行されていくヤルミラを止めようともしない。

その姿がいくら憐れでも、言っておかなければならないことがある。

エイナルは伯爵に向き直った。

「僕は、エイナル・シーグフリード・ブレンドレルと言います。人殺しの侯爵にレーアを嫁がせたあなたに言っておく」

「人殺し……？」

事情を知らない伯爵は、何のことだと訝しげに顔を上げた。

「レーアがあのまま嫁いでいたら、嗜虐趣味のある侯爵に数年以内に殺されていました。殺されたことに気づいても、法外な料金でレーアを売ったあなたは、騒ぐことすらできず泣き寝入りするしかなかったでしょう」

「そんな……」

今にもくずおれそうな伯爵に、エイナルは追い打ちをかける。

「あの女が持ち掛けたことでしょうが、それにのってしまったあなたも同罪だ。大金を得る代わりに、あなたはレーアを見殺しにするところだった」

「……レーアを……」

「僕はあなたのことを許せない。火事の後、レーアがどんな気持ちで毎日を過ごしていたと思いますか？　一番頼りたかったあなたに裏切られて、彼女がどれだけ悲しんだか分かりますか？」

責めるような口調になってしまったが、こんな言葉では足りないと思う。レーアはエイナルの想像する以上に悲しみを内に秘めていたに違いないのだから。

「悪かったと思っている……」

絞り出すような声で伯爵は言ったが、そんな謝罪でレーアの傷が癒えるわけがない。

エイナルは項垂《うなだ》れた伯爵に向かって宣言する。

「あなたはもうレーアには不要です。僕がレーアの本当の家族になりますから」

もうこれ以上レーアに悲しい思いはさせたくない。自分がレーアの新しい家族になり、父親のことなど忘れさせてやる。

エイナルの宣言に伯爵は顔を上げたが、しばらく何も言わなかった。

己のしたことを悔いているのか、そのうえで許しを乞おうとしているのか……。きっと様々な感情が交錯しているのだろう。

無言でじっとエイナルを見た後、彼はぽつりと言った。

「レーアを幸せにしてやってほしい」

娘の手を放してしまった彼のせめてもの償いなのだろう。

エイナルは睨むようにして伯爵と目を合わせる。

「言われなくても、この先の人生のほうが何十倍も幸せだと思えるように、レーアだけを愛して大切にする。僕は決してあなたのようにはならない」

たとえ伯爵がお人好しだったせいで性悪女に騙されたのだとしても、愛人を作って子どもまで産ませ、レーアを悲しませたことに変わりはない。あんなに献身的な娘がいながら、そしてその愛を得ておきながら、信じられない所業だ。血の繋がりにあぐらをかいた慢心だ。結局レーアに甘えていたのだ。だから当てつけのような言葉が出てきた。

けれど、本気でそうするつもりでいる。エイナルにとって、愛する女性はレーア一人だけだ。他の女に興味はない。

「……頼む」

言いたいことはいろいろあったと思うが、伯爵は一言だけ発して頭を下げた。

エイナルは伯爵に一礼すると、くるりと踵を返してミカルたちのところへ向かう。

背後から伯爵のすすり泣く声が聞こえたが、エイナルには同情心などまったく湧いてこなかった。

十二章

「それでそれで？」

瞳をキラキラと輝かせたアネッテが、身を乗り出して話の先を急かした。

あの時は悲しい気持ちだった……とレーアは、少し懐かしく感じながら思い出す。

「その日の夜、エイナルが会いに来てくれたのです。私はもう侯爵に嫁ぐしかないと思っていたから、最後に会えただけで嬉しくて……。でも、エイナルが『あなたを侯爵の妻にはさせない』と言ってくれて、それで作戦のことを聞いて……」

コンチャトーリ侯爵に嫁ぐ前日に、エイナルが会いに来てくれた。その日のことを思い返しながら、レーアはアネッテに語って聞かせた。

コンチャトーリ侯爵が捕らえられてから二週間ほどが経過していた。彼の他にも、犯罪に関わっていたヤルミラやその他大勢の人間も芋《いも》づる式に捕縛され、デュマルク国とストラシエン国の両国で協力して事件の全容を明らかにしている最中である。

侯爵は数えきれないほどの罪状があるらしく、死刑は免れないだろうと聞いている。そしてヤルミラは、両国で少女を誘拐して侯爵に売っていた罪と、レーアの母を殺害した罪で投獄されていた。

そのことを知らされた時、あまりのショックにレーアは倒れそうになった。

あの時、なぜ誰も母を助けに来なかったのか、なぜ母が棚の前で倒れていたのか、なぜ急に棚が倒れたのか。すべての謎が解けた。

いくら嘆《なげ》いても母は戻って来ない。だから、原因が分かっただけでも良しとするしかないと今では思えるようになっていた。

そう思えるようになったのも、エイナルが寄り添っていてくれたからだ。

彼がいなければ、レーアはきっとただただ泣いて毎日を過ごしていただろう。

事件後エイナルは、ミカルの屋敷に預けられたレーアの傍にいてくれた。だが、レーアは、自分でも意外に思うほどすぐに立ち直ることができ、彼に仕事に行くよう勧めることもできるようになった。最初は渋っていたエイナルだが、実は事件の事後処理やレーアとの新しい生活の準備がいろいろあったらしく、今は忙しそうに駆け回っている。

エイナルは仕事の合間を縫って頻繁に会いに来てくれていたが、ゆっくりと二人で過ごす時間はまだあまりない。

少し寂しい気もするが、アネッテが毎日レーアを遊びに誘ってくれるので退屈はしていなかった。

アネッテは、事件のあらましを聞いてショックを受けたレーアを気遣い、今日まで事件のことは何も訊かずにいてくれた。そのことが分かっていたので、元気になったのだと知ってほしくて、レーアのほうからその話題を切り出したのだった。

ミカルのおかげで、レーアはエイナルのことも事件の詳細も知ることができた。エイナルと入れ替わった後に、彼が丁寧に話してくれたのだ。

ミカルの話で一番驚いたのは、エイナルがあの噂のブレンドレル伯爵家の人間だったことだ。

イエンナから話を聞いた時は無関係だと思ったが、彼は正真正銘その家の次男なのだという。長男長女が派手過ぎて周囲に強烈な印象を残していたため、派手さとは無縁のエイナルは顔を見られても覚えられづらいらしい。

アネッテは目が眩むほどの美女で、最初に会った時は気後れしてしまったが、気さくに接してくれたおかげですぐに打ち解けることができた。彼女の夫であるミカルも、真面目だが親しみやすい人物なので話しやすい。

そしてミカル曰く、エイナルとアネッテの兄である長男もアネッテのように目が眩むほどの美形らしい。

やはり噂通り、三きょうだいみんな美形なのである。

もちろん、レーアにとって一番輝いて見えるのはエイナルだが。

アネッテとミカルは、昔のエイナルの話もよくしてくれた。子どもの頃、あまりにも無表情な彼を心配して、両親が『笑顔の先生』までつけたのに無駄だったという話や、存在感を消すのがうま過ぎて社交界デビューしても認知されなかった話など、レーアと出逢う前の彼のことを知れてとても嬉しかった。

そして二人は、無口で自己主張もほとんどしなかったエイナルがレーアに恋をして良い方向に変わった、と感謝をしてくれた。

出逢ったことで変わることができたのはレーアも同じだ。

エイナルと一緒にいると心が強くなる。彼がいてくれるだけで、どんなことがあっても大丈夫だと思えるのだ。

だからこうして、つらかった出来事も笑って話すことができる。

「作戦がうまくいくか不安はありました。いくら侍従の方と侍女の方が味方でも、何が起こるか分かりませんから。だから、護衛の方たちに見破られることなくエイナルと入れ替わることができた時はほっとしました。無事に戻って来てくれるとエイナルも約束してくれましたし」

その後侯爵邸で何があったのか、エイナルは簡単に話してくれた。実は侯爵が、国家間の争いの火種になりうる数々の罪を犯していたということ。それだけ大ごとなので、国のやんごとなき身分の人も動いているということ。そんな大ごとに自分が巻き込まれていたことには驚いたが、国の偉い方が動いているのだと知り、安堵した。

「入れ替わったって……。エイナル兄さまがレーアと同じ花嫁衣裳を着て潜入したってこと？」

アネッテはそこが気になったらしく、興味津々といった様子でさらにレーアのほうに身を乗り出してくる。

「はい。私とお揃いのものを準備していました」

レーアが頷くと、アネッテは天を仰いだ。

「そんな面白いこと、なぜ誰も教えてくれなかったのかしら。……でも、エイナル兄さま、男にしては細身だけど、結構ごつい花嫁よね」

眉を寄せるアネッテに、レーアは首を大きく横に振る。

「いいえ。とても綺麗でした。また着てほしいです」

思い出すだけでうっとりしてしまう。

レーアに似せるために、カツラを被って化粧もしていた。それがレーア以上の美人なので、逆にすぐに別人だと気づかれるのではないかと心配になったほどだ。

侯爵はレーアの顔など気にも留めていないとは思うが、何があるか分からないのでできるだけレーアに似せたのだと、待っている間にミカルが言っていた。そう言われても、レーアは自分があんなに美人ではないことを知っている。

やはり元が良いと何を着ても似合ってしまうようだ。ヴェールで顔を隠すのはもったいないと思うほど、あの時のエイナルは美しかった。

「じゃあ、私が衣装を用意してあげるわ。エイナル兄さまの女装、見てみたいし！」

任せて！　と興奮したように挙手をするアネッテに、レーアは胸の前で両手を組んでパアッと顔を輝かせる。

「まあ、本当ですか？　ぜひ！」

「エイナル兄さまはレーアが頼めばまた女装してくれるはずよ！　楽しみね！」

「はい！　とっても楽しみです！」

アネッテとはまた違った美女になるエイナルを再び見られると思うと胸が高鳴った。倒錯的な趣味はないはずだが、エイナル相手だと何にでもドキドキしてしまう。

どういう衣装が良いかという話で大いに盛り上がり、事件のことについても一通り話し終わると、アネッテがお茶を淹れ替えてくれた。

そして、ふと真剣な表情になってレーアの顔を覗き込んでくる。

「ヤルミラの娘も、人身売買に関わっていた罪で捕まったそうだけど……。お父さまは何もかもを一遍に失って、さぞおつらいでしょうね」

レーアはお茶を飲み、心を落ち着けてから小さく頷いた。

「はい。……お父さまへはお手紙を渡してもらいました」

「そう。会わなくていいの？　エイナル兄さまが会うのを邪魔しているのでしょう？　もし会いたいのなら、私が手助けをするけれど」

気の毒そうに眉を寄せるアネッテを、レーアは強い意志を込めて見つめた。

「私は会いに行きません。父は……母の宝石や思い出の詰まった家財道具を売る義母の行いをずっと黙認していました。つまり父は、母や私との思い出よりももっと大切にしたい人ができていたのです。やっと理解できました。私も、父より愛する人ができましたから。父は、とっくに私の手を放していました。それなのに今さら手を伸ばしても父を苦しめるだけです」

「そうね。きっと追い詰めるだけだわ。優しくされればされるほど、自分のしてきたことを後悔することになる」

エイナルは違う意図で会わせないんでしょうけど……とアネッテは呟き、仕方がなさそうに微笑んだ。そして慈《いつく》しむような眼差しをレーアに向ける。

「本当に大変な思いをしてきたのね」

そう言われて改めて振り返ってみると、確かに大変だったのかもしれない。

悲しい思いをたくさんしたし、絶望感も味わった。けれど……。

「でも今の私にはエイナルがいてくれます。それだけで幸せです」

レーアはにっこりと微笑む。

今は本当に幸せなのだ。離れに追いやられた時の孤独感も、家族という輪に入れない寂しさもない。

今のレーアには、エイナルがいる。アネッテやミカルも親身になってくれる。それに、母屋勤めになったらしいイエンナやセニヤ、そしてラッシという心の支えもあるのだ。

「なんて良い子なの！　もしエイナル兄さまが何か悪さをしたら、すぐに私に言ってね！　懲《こ》らしめてやるから！」

アネッテは勢いよく席を立つと、ガバッとレーアを抱きしめた。

少しだけアネッテのほうが年上だからなのか、レーアのことを本当の妹のように可愛がってくれる。

きょうだいのいないレーアには、彼女の存在は嬉しくもあり、くすぐったい気分にもなった。

「ありがとうございます。でも、大丈夫です。エイナルは私が喜ぶことばかりしてくれますから。庭師見習いの時も、何か困ったことがあるとすぐに手助けしてくれていたんですよ。とても気が利くし、すごく優しいんです」

ふふ……とレーアが笑うと、なぜかアネッテは抱きしめる腕を解いて微妙な顔をした。

「……それは、あなたにだけよ」

「そう。レーアにだけ」

アネッテの言葉に被せるように、少し離れた場所から声が聞こえた。

レーアは反射的に声のほうを振り返る。すると、出入り口からエイナルがこちらに歩いて来るのが見えた。

「エイナル！」

レーアはすぐにエイナルに駆け寄った。

「レーア、遅くなってごめん。迎えに来たよ」

勢いよく抱き着くレーアを難なく受け止め、エイナルはそう言って強く抱きしめてくれた。

迎えに来た、と彼は言った。それってもしかして……とレーアは顔を上げてエイナルを見る。

「帰ろう」

エイナルは目を細めて微笑んだ。

「帰るって……」

どこに？　とレーアは首を傾げる。するとエイナルは、内緒話でもするかのようにレーアの耳に唇を寄せて囁いた。

「僕たちの家に」

「え……？」

戸惑うレーアの手をとり、エイナルは颯爽《さっそう》と歩き出した。そして部屋を出る前にふと思い出したように振り返り、アネッテに「世話になった。礼はまた」と短く言って再び歩を進める。

レーアも慌てて振り返って頭を下げると、アネッテは満面の笑みを浮かべて手を振ってくれた。

エイナルは上機嫌な様子で、レーアを馬車までエスコートしてくれた。馬車に揺られている間も、ずっと微笑を浮かべている。

「お仕事は片付いたのですか？」

レーアの肩をしっかりと抱いて鼻歌でも歌い出しそうなエイナルに問いかけると、彼は小さく頷いた。

「ああ。もう僕のやるべきことは終わらせた」

「それはお疲れ様でした」

とても忙しそうにしていたので、終わったのなら一安心だ。

これからは少しゆっくりできるということだろうか。この上機嫌の理由は、レーアとともに過ごす時間ができたからだと思ってもいいのだろうか。

レーアがじっとエイナルを見つめていると、彼は突然ちゅっと口づけをしてきた。顔を赤くするレーアに愛おしげな眼差しを向けてくる。

侯爵と結婚しなければならないという悲しい思いで身体を繋げて以降、エイナルは軽い口づけくらいしかしてくれなかった。

事件に巻き込まれたレーアがショックを受けて混乱していると思い、気を遣ってくれていたのだろう。

けれど今のは愛おしいという感情の込められた口づけだった。だから、身体を繋げた時のことを思い出し、レーアの身体は一気に熱くなってしまった。

それに気づいたのか、エイナルはふと真剣な表情になって顔を寄せてきた。

「レーア……」

唇が触れる寸前に名前を呼ばれ、レーアはそれに応えるように自然と薄く口を開けてエイナルを待った。

食らいつくように唇を塞がれる。下唇に軽く歯が当たり、そのまま甘噛みをされる。噛んだ部分をちろりと舐められたと思ったら、すぐに口腔に舌が入ってくる。

「ん……」

かき回すような熱い舌の動きに、吐息が鼻から抜けた。エイナルの舌がレーアの舌を絡めとり、きつく吸い上げる。

甘い痺れがじわじわと全身に広がっていくのを感じ、レーアは身震いをした。

するとエイナルはきつくレーアを抱きしめ、ドレスの上から背中に手を這わせ始める。

つーっと背筋をなぞられると、身体がびくっと跳ね上がった。

「あ……まって……」

それ以上されたら我慢できなくなってしまう。

まさか馬車の中で行為に及ぶわけにもいかないだろうと思い、レーアはエイナルの胸を懸命に押した。

「待てない」

エイナルはレーアの腰を摑むと、ぐいっと引っ張り上げ、向かい合う状態で自分の膝の上にのせた。

子どものように膝にのせられ、しかも間近で見つめ合う格好になって、レーアは戸惑いを隠せない。

「エイナル……？」

息がかかる距離で名前を呼ぶ。するとエイナルは、今の一連の動作で捲れ上がってしまったスカートの裾から手を差し込み、艶めいた意図をもって太ももを撫でさすってきた。

「もう、待てない」

同じ言葉を繰り返し、エイナルは舌を出してレーアの唇を舐めた。

こんなところで……と思いながらも、レーアは唇を少し開いてエイナルの舌を受け入れる。

久しぶりに感じるエイナルの熱に、レーアも下腹部に熱い何かが生まれるのを感じた。エイナルに舌を吸われると腹部が疼き、もじもじと腰を揺らしてしまう。

「……ぁ……」

太ももを撫でていたエイナルの手が、臀部《でんぶ》にたどり着いた。下着の上から指が食い込むほどに強い力で摑まれても、レーアの身体はそれを愛撫だと感じて息が荒くなる。

もう片方の手がドレス越しに乱暴に乳房を揉みしだく。するとレーアの股の下にあるエイナル自身がさらにぐぐぐっと力を持ち始めるのが分かった。

彼の興奮を身体で感じ、レーアはここがどこであるかも忘れそうになる。

「……んん……エイナル……」

まだ残っていた一かけらの理性が、エイナルの愛撫から逃れようと腰を引いて抵抗する。けれど、すぐさまぐいっと引き寄せられ、わざと腰を突き上げるようにして猛りを秘部に擦りつけられてしまう。

「……ああ……ぁ……う、ん……」

お互い服を着たままなのに、すでに下着が濡れてしまっているのか、ぬるぬるとした感触が伝わってきて、レーアはぶるりと身を震わせた。

「ずっと……したかった」

エイナルが、レーアの耳元に顔を寄せてため息交じりに囁いてきた。耳に息を吹き込まれ、むず痒さに首を竦める。

やはり、エイナルはレーアを気遣ってずっと我慢していたのだ。

申し訳なさと感謝の気持ちと愛おしさで胸がいっぱいになり、レーアはぎゅっとエイナルを抱きしめる。

「……はい」

こんな昼間に馬車の中で行為に及ぶことの羞恥を無理やり振り払い、同じ気持ちであることを告げた。

するとエイナルは、乳房を揉んでいた手をするりと脇腹に滑らせ、そのまま秘部へと下ろしていく。

「レーア、腰を上げて」

甘い命令に従い、レーアは座席に膝立ちになった。エイナルは手早くレーアのドロワーズだけを脱がせると、自身の身体を跨がせるようにしてレーアの脚を開き、性急に花弁に指を這わせてくる。

レーアの秘部から溢れ出た蜜をぬるぬると塗り込めるように動いていた指が、入り口を何度かなぞった後にぐっと膣内に入り込んできた。

「……ぁあ……っ……！」

侵入した長い指が、すぐさまレーアの感じる部分をぐりぐりと刺激してくる。親指がちょうど花弁の上部の敏感な場所に当たり、その二つの快感にレーアの腰が大きく跳ねた。

つい逃げ腰になってしまうレーアを引き寄せて、エイナルは容赦なく両方の愛撫を激しくしていく。

「……あ……ぅんん……ふぅん……」

声を抑えなければいけないのに、強い刺激に我慢できず漏らしてしまう。

エイナルが指を動かす度にグチュグチュという水音が馬車内に響いた。レーアはエイナルの首にしがみついて快感に耐えていたが、耳から入ってくるその淫らな音に頭の芯が痺れていく。

「あ、や……エイナ……もう……あぁ……んっ……！」

途切れ途切れになる言葉を必死に繋ぎ、絶頂が近いことを知らせる。

すると指の動きが速くなり、激しい水音とともに快感の波にのみ込まれ、レーアは大きく背を仰け反らせた。

「……あぁぁ……っ……！」

頭の中がチカチカとして、太ももがぷるぷると震える。全身に力が入ったその直後、ぐったりと脱力する。エイナルが支えてくれていなければ、座席の下に倒れ込んでいた。

力の抜けたレーアの身体を持ち上げたエイナルは、いつの間にかズボンを寛げて取り出していた猛りを、膣の入り口にぴたりと押し当てた。

「……あ……」

エイナルが入ってくるのだとぼんやりとした頭で思ったけれど、脚に力が入らないせいで、気づいた時にはずんっと一気に奥まで穿《うが》たれていた。

「……っっ……！」

声にならない悲鳴を上げたレーアは、喉を反らして大きく身体を震わせた。

衝撃が大き過ぎて思考が停止してしまう。身体も強烈な快感についていくことができず、レーアは目を瞑って荒い呼吸を繰り返した。

「……っ……きつ……」

エイナルの小さな呟きが耳に届いた。膣内に収まった猛りが一層太さを増して、それに呼応するように膣壁が収縮し始める。

「んん……ぅ……ぁ……」

まだ動いていないのに、馬車の振動で結合部から甘い疼きがじわじわと全身に広がっていく。

「……このまま……出そう」

困ったようにエイナルは言ったが、すぐにいやいやと首を振る。

「いや、せっかくレーアの中に入れたんだ。もったいないから、まだ出さない」

何かを我慢するように続けて、エイナルはふうっと大きく息を吐き出した。そして宥めるようにレーアの背中を優しく摩ってくれる。

「レーア……力を抜いて」

穏やかな口調で囁かれ、何度も背中を摩られて、レーアの身体から徐々に力が抜けていく。

そうして二人とも息が整ってきた頃、エイナルはゆるゆると静かに腰を動かし始めた。

「……ぁあ……あ、ん……」

腰を回すようにして中をかき回される。その動きがもどかしくて、レーアの腰は自然と揺れていた。

「……あ……っ……」

エイナルの艶めいた吐息が耳を掠め、それがもっと聞きたくて、レーアは自分の意志で前後に腰を動かし始める。

すると、エイナルが両手でがっしりとレーアの臀部を摑んだ。腕の力だけでレーアの身体を持ち上げると、ガンガンと激しく下から腰を突き上げてくる。

「……あぁぁ……やぁ……んんぁ……！」

激しい腰遣いに、レーアは次第に仰け反っていく。それによって突き上げられる角度が変わり、猛りの先端がレーアの敏感な部分を何度も擦り上げた。

「……っあぁ……ん、あぁっ……！」

頭の中が甘い痺れに犯されて、何も考えられなくなり、快感に身を任せる。

もう嬌声を抑えることができなくなっていた。レーアは喘ぎ声を上げながら、力強い突き上げに翻弄される。

「……はっ……」

エイナルが詰めていた息を吐き出し、一層激しく腰を動かし始めた。

「……あああ……っ……ぁもう……！」

強烈な快感に襲われ、つま先がぴんと突っ張る。膣内が痙攣し始めるのを感じ、その直後、奥に熱い迸りが叩きつけられるのが分かった。

「……あ……あぁ……」

ぎゅうぎゅうに猛りを絞り上げた膣壁は、さらに奥へ奥へと誘い込むように動いた。放したくないと言っているようで、レーアもそれに倣《なら》ってエイナルの首に縋りつく。

もう絶対に離れたくない。

やっと、離れることを考えずに身体を繋げることができたのだ。今はただただ幸せな気分に浸っていたい。

エイナルも両手できつくレーアを抱きしめてくれた。汗ばんだお互いの頬がくっつき、どちらともなく愛おしげに擦り合わせる。

しばらく抱き合った後、エイナルはレーアの身体を持ち上げて、ポケットから大判のハンカチを取り出した。

「ごめん、だいぶ出てしまった」

エイナルのものが抜けた途端に、膣内から迸りが流れ落ちてきていた。内股がベトベトする。

それをハンカチで丁寧に拭ってくれたエイナルだが、秘部を綺麗にしてくれている手の動きが次第に妖しいものに変わっていくのに気づき、レーアは慌てて腰を上げた。

「もう、駄目です。これ以上したら歩けなくなってしまいます」

エイナルに突き上げられている間、脚で自分の体重を支えていたのだ。すでにガクガクしていて力が入らない。

「……分かった」

エイナルはひどく残念そうに言い、身体を離した。そしてレーアにドロワーズを穿かせてくれて、自らも素早く服を整える。

レーアはほっとしてエイナルの膝から下りて隣に座り、窓の外に顔を向けた。今さらだが、もし街中を走っていたのなら、外から見えてしまったかもしれないと不安になったの

だ。

けれどその不安はすぐに消えた。

馬車は緑が広がる山道を走っていた。森が深いわけではなく、ところどころに綺麗な花が咲いている広い草原がある。

しばらくそんな風景の中を走ってから、馬車は立派な門の前で止まった。

そこで馬車を降りたエイナルは、まだ足に力が入らなくてよろけるレーアの手をとって、にこやかな表情で門に手をかける。

「きっと気に入ってくれると思うんだ」

そう言って開かれた門の向こうには、青々とした草木や色とりどりの花々が植えられた広大な庭園があった。

「すごいです……！」

あまりの美しさに、感嘆の声が出た。だるさも一気に吹き飛んだ気がする。

ニーグレーン伯爵邸の庭園よりずっと広く、植物の数も種類も多い。こんなに立派な庭園を見たのは初めてだった。

「二年近く前から、レーアのためにこつこつ造っていたんだ。人の手も借りたけど」

エイナルの告白に、レーアは目を丸くする。

「二年近く前から……？」

「そう。レーアが庭園を眺めるのが好きだと知った時から。それなら将来広い庭園があるところに一緒に住めばいいと思って。そうすれば毎日レーアの笑顔を見られるだろう？」

無邪気にも見えるエイナルの微笑みに、レーアは一瞬きょとんとしてしまったが、すぐにくしゃりと顔を歪ませた。

「そんなに前から私との将来を考えてくれていたのですか……？」

彼がレーアを笑顔にするために造ってくれたものだと思うと、感激で声が震えた。

たった一人のためだけにこんなに美しい庭園を造るなんて、そう簡単にできることではないだろう。それなのに、何でもないことのようにエイナルは言う。

「出逢った時から、僕はレーアのことばかり考えていたよ」

他の人が聞いたら『重い』と思うような言葉かもしれない。けれどレーアは彼の言葉を心から嬉しいと思った。

レーアもずっと忘れられずにいたから。火事の時に助けてくれた彼の声も、綺麗な手も、力強い腕も、己の危険も顧《かえり》みずに火の中に飛び込んでくれた優しさと勇気も、ずっとずっと忘れられなかった。

「だから、レーアが喜ぶことをしようと思って……」

胸が熱くて言葉が出ないレーアにそう言いながら、エイナルは庭園の奥にある大きな屋敷へとレーアを導いた。

精巧《せいこう》な細工が施された玄関扉の前に立つと、重々しいそれがゆっくりと開く。そして扉の向こうから、見知った人物が顔を覗かせた。

「まあ……！」

レーアは大きく目を見開いた。

扉を開けたのは、ニーグレーン伯爵邸にいるはずのイエンナだった。

「イエンナ……！」

名前を呼ぶと、イエンナは嬉しそうな顔でレーアの手を握った。

「レーア様！　エイナル様がここで働いてもいいと誘ってくださいました！　またレーア様にお仕えできて、イエンナは幸せ者です！」

小躍《こおど》りして喜びを爆発させているイエンナに、レーアも歓喜の声を上げた。

「これからも一緒にいられるのですね……！　私もとても嬉しいです！」

「私だけじゃないんですよ！」

イエンナははしゃいだ様子で、レーアを屋敷内へ招き入れた。

「っ……！」

そこには、セニヤとラッシもいた。二人とも、レーアを見て涙ぐんでいる。

「気心の知れた人がいたほうが過ごしやすいだろうと思って、みんなには僕たちの新居であるこの屋敷で働いてもらうことにしたんだ」

エイナルが後ろからレーアの肩に手をかけ、そっと顔を覗き込んできた。

「嬉しい？」

子どものように問いかけられ、レーアは満面の笑みで返す。

「とっても嬉しいです……！」

嬉し過ぎてぼろぼろと涙が零れた。

エイナルはレーアの喜ぶことばかりしてくれる。彼が一緒にいてくれるだけでも嬉しいのに、イエンナたちまで傍に置いてくれるなんて、レーアはこの世で一番の幸せ者だと思う。

「あ、それから、あの花」

エイナルは玄関ホールの角に飾ってある花を指さした。よく見るとそれは、温室からなくなっていた白い花だった。鉢が豪華なものに替えられているけれど、花自体は間違いなく温室にあったものだ。

「調べたら、あの親子が売り払っていたことが分かったから、買い戻した」

必ず見つけるというあの時の言葉をエイナルはちゃんと覚えていてくれたのだ。

「今はあそこに飾ってあるけど、寒くなってきたら温室に移すよ。ニーグレーン伯爵邸の温室にあった植物もみんなこっちの温室に移動させた。もちろん、二人で植えたマーガレットも。青いリボンで目印をつけておいてくれたからすぐに分かったよ」

続くエイナルの言葉に、レーアの瞳からとめどなく涙が溢れ出た。

母が集めた植物たちもこの場所にある。エイナルはレーアの大切なものをすべてここに集めてくれたのだ。

こんなにレーアの喜ぶことばかりしてくれる彼に、レーアは何を返せるだろうか。

レーアにはこの身一つしかない。

一生かけても、彼に恩を返せる気がしなかった。

そんなレーアの気持ちを知ってか知らでか、エイナルはレーアの正面に回ると、優しく両手を握ってくれた。

「今までたくさんつらい思いをしてきただろうけど、それは過去のこと。レーアは幸せになるために生まれてきたんだ」

それを言うなら、エイナルもだ。エイナルも幸せにならなければならない。

「レーアが幸せだと僕はもっと幸せだ。だから笑って」

笑って。

エイナルがそう望むなら、必ず叶えよう。

レーアは涙を流しながらも、満面の笑みを浮かべた。すると、エイナルも眩しいほどの笑顔を見せてくれる。

昨日よりも今日、そして今日よりも明日のほうが幸せだと確信できるのは、エイナルがこうして傍にいてくれるからだ。

嬉しくて、とても幸せで、レーアは涙が止まらなかった。エイナルと一緒にいると、嬉しい時にもたくさん泣いてしまう。

「レーア」

どこから取り出したのか、エイナルはレーアに柔らかな何かをふわりと被せた。視界に入ってきたそれは、マーガレットの刺繍が施されたヴェールだった。

エイナルがレーアを幸せにすると誓った約束の印だ。

エイナルは姿勢を正し、真摯な瞳でレーアを見つめる。

「愛しているよ、レーア。一緒に、一生幸せでいよう」

それは、これからの長く幸せな時間を約束する言葉。

少し前までは、正直な自分の気持ちを口にすることができなかった。

でも、今ならはっきりと言葉にすることができる。

「はい。私も愛しています。一緒に幸せでいましょう。約束ですよ」

言いながら、レーアはエイナルの胸に頬を寄せた。

「約束する」

胸を伝って響いてくる声は力強くて、絶対に約束を違えることはないと言っているようだった。

やっと伝えられた愛の言葉は、気恥ずかしいけれど口にするだけで幸せな気分になれた。

これからは、毎日だって伝えられるのだ。

なんて素晴らしいことだろう。父には愛を伝えてもきっと迷惑に思われるだろうとあまり言えずにいたけど、エイナルには本心を伝えてもいい。心から愛を伝えてもいいのだ。

レーアは、自分の愛を受け止めてくれる人をずっと探していたのかもしれない。

一生、あなたとともに
誰よりも幸せに過ごすことを
ここに誓います

レーアが一生かけてエイナルを幸せにすることが、彼への恩返しになる。

恩返しがそんな、自分へのご褒美みたいなことでいいのだろうか。そう思いながらも、彼への気持ちなら誰にも負けないと、レーアは誓いの言葉を口にしたのだった。

あとがき

言葉ってすごく大事ですよね。

相手を不快にさせたり、悲しませたり、喜ばせたり、いろんな影響を与えてしまいます。だから怖いなと思います。

自分では、『こういう言葉は使わないようにしよう』と決めていても、どうしても必要になってしまったりして、遠回しな言葉にできないかと模索するけど、結局使いたくない言葉を使ってしまうこともあって。

台詞一つにしても、言葉に重みがなかったりして。

言葉って、どうしてこんなに使い方が難しいんでしょうね。もっと知識があれば、言葉に重みを出せるのに……とまだまだ勉強不足だと痛感しております。

そんなこんなで、今回は、寡黙で天然なヒーローと、純朴なヒロインのお話です。お喋りなヒーローより、寡黙なヒーローのほうが言葉に重みが出ると思った、という安易な考えです。結果、ただの口下手になってしまいましたけれど。

このヒーローとヒロインは二人とも天然気味なので、周囲の人たちがすかさずツッコミを入れていると思います。

本当に、言葉《ツッコミ》って大事ですよね。

芦原《あしはら》モカ様、美しいイラストを描いてくださってありがとうございます。カバーも挿絵もキラキラで心躍ります。エイナルの表情の変化を華麗に描いてくださって嬉しく思っております。心が清らかそうな芦原様のレーアのイラストを見ながら、エイナルのレーアに対する心情を書いておりました。エイナルが可愛い可愛いと言いたくなる気持ちがすごくよく分かります。芦原様が描いてくださったレーア、すごく可愛いです。

最後の挿絵の二人が可愛過ぎて、めちゃくちゃ幸せそうで、私が幸福感に満たされました。幸せな気持ちをありがとうございます。

そして驚いたのが、タイトルをよく見ると、蔦《つた》になっていることです。素敵ですよね。芦原様の素敵なイラストとすごく馴染んでいて、デザイナー様の発想力ってすごい！と感激しました。レーアとエイナルにぴったりなデザインをありがとうございます。

毎回、すべて丸投げしてご迷惑をおかけしている担当様、いつも本当に申し訳なく思っております。負担ばかりおかけしないように、次回からはもっとしっかりします。でも、がっつり指摘はしてほしいです。よろしくお願いいたします。

最後になりましたが、芦原モカ様、担当様、デザイナー様、校正者様、出版社の皆様、印刷所の皆様、書店の皆様、その他にもこの本に関わってくださった皆様に心より感謝申し上げます。

私は昔、現実逃避のために本を読んでいました。物語に没頭している時間にとても救われました。この本を読んでくださったあなた様が、ほんの少しでも心穏やかになれる瞬間があれば幸いです。

あなた様の幸せを願っております。

水月青《みづきあお》

この本を読んでのご意見・ご感想をお待ちしております。

◆ あて先 ◆

〒101-0051
東京都千代田区神田神保町2-4-7 久月神田ビル
㈱イースト・プレス　ソーニャ文庫編集部
水月青先生／芦原モカ先生

寡黙《かもく》な庭師《にわし》の一途《いちず》な眼差《まなざ》し

2021年3月6日　第1刷発行

著　　者　水月青《みづきあお》
イラスト　芦原《あしはら》モカ
装　　丁　imagejack.inc
D T P　松井和彌
編集・発行人　安本千恵子
発 行 所　株式会社イースト・プレス
〒101－0051
東京都千代田区神田神保町2－4－7 久月神田ビル
TEL 03－5213－4700　FAX 03－5213－4701
印 刷 所　中央精版印刷株式会社

ISBN 978-4-7816-9693-5
定価はカバーに表示してあります。